Der Autor

Roland E. Ruf *1939
lebt und arbeitet in Freiburg im Breisgau

www.roland-e-ruf.de

Roland E. Ruf

Wegstücke

Erzählungen

 tredition

© 2019 Roland E. Ruf

Verlag und Druck: tredition GmbH, Hamburg
Gestaltung und Illustration: Inge Reuter-Eck

ISBN
Paperback: 978-3-7469-9229-7
Hardcover: 978-3-7469-9230-3
e-Book: 978-3-7469-9231-0

Das Abteil

15:28 auf der Uhr über dem Portal. Er schleudert den Mantel über die Schulter und nimmt die Computertasche auf. Den Rollkoffer ziehend, strebt er ohne Hast dem Bahnhofsgebäude zu.

Christoph Wellig, Experte für Regeltechnik, 42 Jahre, verheiratet, zwei Kinder, ist auf dem Weg in die Schweiz, von Mannheim nach Olten. Die Bahnhofshalle - der Zeitschriftenstand, eine Schachzeitschrift. Christoph löst leidenschaftlich Schachaufgaben. Ein orientierender Blick auf die Anzeigentafel: der ICE nach Basel, Gleis 3. Mehr als zwanzig Minuten bis zur Abfahrt - einkalkulierte Minuten!

Vor etwa zwanzig Jahren hat seine Firma in einem Einkaufszentrum Rolltreppen eingebaut, in letzter Zeit störanfällig. Die Zentrale gab Anweisung, vor Ort die Überholung zu überwachen. Morgen früh wird das Technikerteam von der Niederlassung in Zürich eintreffen, ausgestattet mit allem Nötigen: Messgeräte, Spezialwerkzeuge, Ersatzteile - in diesem Fall neue Antriebsaggregate und Schaltelemente. Die sind der eigentliche Punkt oder auch das Problem: Die Konstruktion hat sich geändert – moderner Elektroantrieb, energieeffizient. Elektronik, wo bisher Mechanik den Betrieb regelte.

Der Benutzer sieht einer Rolltreppe nicht an, ob sie bereits elektronisch gesteuert ist. Nach wie vor erscheinen die gerillten Stufen passgenau im gezähnten Auftritt und verschwinden ebenso am anderen Ende. Und ein Handlauf ist ein Handlauf, ein gummiähnliches Band. Allenfalls das plötzliche Anlaufen beim Betreten ist ein Hinweis auf Elektronik, eventuell auch die Beobachtung, dass sich der Handlauf zu den Stufen in angepasster Geschwindigkeit bewegt.

Christoph geht am Zug entlang. *Wagen 9, Erste Klasse Platz 68,* notiert auf dem Abrisszettel in der Jackentasche. Nach dem Zusteigen schiebt er sich im Pulk von Abteil zu Abteil. Einige drängeln vorbei, wie er auf der Suche nach ihren Reservierungen. Andere schieben Abteiltüren auf und hoffen auf freie Plätze. Alle mit Gepäck, mehr oder weniger sperrig. Im Gedränge rutscht ihm der Mantel von der Schulter. Die Computertasche, von der reflexartigen Bewegung des Armes beschleunigt, prallt mit der Schmalseite auf den Oberarm einer älteren Dame. Die zerrt im gleichen Moment an einer Abteiltür, rettet sich mit raschem Schritt durch die aufgezogene Tür aus der Meute der Zugestiegenen.

Eine Entschuldigung murmelnd drängt Christoph weiter. Über dem nächsten Abteil beginnt die Leuchtanzeige der Platzreservierungen mit der Zweiundsiebzig. Also zurück, vorbei an einem jungen Mann in Jeans mit löchrigen Knien, der seinen Getränkebecher mit einer schwappenden braunen Flüssigkeit am ausgestreckten

Arm elegant an Christoph vorbei balanciert.

Als habe sie mit seiner Ankunft gerechnet, lächelt ihm die ältere Dame entgegen. Schemenhaft nimmt er einen weiteren Reisenden wahr, deponiert Koffer und Computertasche auf einem der freien Sitze und überprüft die Platznummern. - Der Zug nimmt Fahrt auf.

Den Fensterplatz in Fahrtrichtung hat der Mitreisende belegt, auf den Knien ein geöffnetes Hand-Case. Der Herr blättert in Papieren, zieht sofort den schräg aufgerichteten Deckel tiefer, als Christoph neben ihm steht und die Anzeige der Reservierungen studiert. Platz 68 ist tatsächlich der am Fenster in Fahrtrichtung. Der Herr hebt mit zwei Fingern vorsichtig ein Blatt an, blickt auf das darunter liegende, streicht es glatt. Christoph räuspert sich. - Keine Reaktion.

Diese Ignoranz veranlasst ihn, dem Seitenfach der Computertasche die Reiseunterlagen zu entnehmen. Lautstark wendet er sich nun dem Herrn zu und reklamiert seinen reservierten Platz. Der beugt sich über den hingehaltenen Reservierungsbeleg und lässt sich Zeit. Dann richtet er sich ruckartig auf, verlegen wie ein Pennäler, den der Hausmeister beim Rauchen auf der Toilette erwischt hat. Selbstverständlich könne er den Platz wechseln, räumt er ein. Leider habe man für ihn den gegenüber reserviert. Er presst die Hand an die Stirn. „Wenn Sie mir erlauben diesen hier beizubehalten und bereit wären, stattdessen meinen zu nehmen, wäre ich Ihnen sehr dankbar. Der Kopf tut nicht mehr alles, was ich ihm zumute. - Unfallbedingt", fügt er an. „Ich sollte in Fahrtrichtung sitzen. Verstehen Sie bitte!"

Achselzuckend beginnt Christoph sein Gepäck auf der Ablage unterzubringen. Der Koffer ist zu sperrig. „Die Ablage für größere Gepäckstücke befindet sich am Anfang des Gangs", säuselt die Dame mit dem abgeklärten Lächeln manch älterer Menschen. Christoph hätte ihr gerne geantwortet, dass er das Reisen gewohnt sei und die Ablage kenne. Stattdessen bringt er stumm den Koffer hinaus. Zurückgekehrt, greift er zur Schachzeitschrift. Der Herr von gegenüber zieht das Rollo auf halbe Fensterhöhe.

Beim Überfliegen des Inhaltsverzeichnisses bleibt Christoph an der Rubrik *Leichte Nachmittagspartien* hängen. Seite 8, der passende Einstieg. In diesem Moment wird die Zeitschriftenseite von einer Visitenkarte überschoben. „Ich möchte Ihnen für Ihr Entgegenkommen danken", sagt der Reisegefährte, und das wolle er nicht anonym tun.

Überrascht schaut Christoph auf, nimmt die Visitenkarte entgegen.

Karl-Philipp Hachental, Kunstsachverständiger
im Auftrag von NOSART

Keine Adresse, nur eine Telefonnummer - Frankfurt, der Vorwahl nach. Der Herr beobachtet ihn, erwartet wohl eine Reaktion.

„Sie sind verwundert über die Unvollständigkeit?" Er lächelt. „Das ist in meiner Branche so üblich."

„Ungewöhnlich, Herr Hachental", bemerkt Christoph betont gleichgültig, reicht die Visitenkarte zurück und zieht die Schachzeitschrift hoch, die zwischen seine Knie geraten ist. Für Hachental ist die Situation noch nicht geklärt.

„Verstehen Sie bitte, die Angabe einer Adresse käme der Aufforderung gleich, sich am genannten Ort gelegentlich umzusehen –ungefragt natürlich.

„Kunstwerke?" Christoph sieht ihn erstaunt an. Von dreisten Kunstdiebstählen hatte er gehört - Einbrüche in Villen, in Museen. Aber bei diesem schlicht anmutenden Mann?

„Ach wo!" reagiert Hachental auch sofort. „Die würde im Ernst keiner bei mir vermuten. Nein, Notizen, Entwürfe, Expertisen, Schriftwechsel. Eben alles, was über den Prozess der Schätzung und des Handels mit diesen Objekten Informationen enthalten könnte."

Wenn schon im Kunstgeschäft, wer aus dieser Szene würde im Zug einem Fremden gegenüber so seine Identität preisgeben? Eine seltsame Erscheinung, dieser informationsfreudige Mensch!

„Und diese Telefonnummer? Die erlaubt keine Lokalisierung?"

„Ein Anwaltsbüro! Anrufe werden automatisch registriert, im Zweifelsfall verfolgt."

Er lächelt überlegen. Die Dame sieht mit demonstrativer Gleichgültigkeit, einen Finger zwischen Buchseiten, durch das Glas der Abteiltür auf den Gang.

„Angenommen, ich würde Sie - sagen wir vor Ihrer Rückkehr - unter dieser Nummer anrufen?", hakt Christoph nach. Hachental lehnt sich zurück, schmunzelt aus der Sicherheit seiner anonymen Existenz.

„Ich gehe davon aus, Sie würden sich zu erkennen geben, Herr . . ." „Pardon!" Christoph greift über sich in die Gepäckablage nach der Computertasche und entnimmt dem Seitenfach nun seine Visitenkarte.

„Aha, Sie sind Ingenieur, Herr Wellig, das dachte ich mir fast." Hachental betrachtet erneut Christophs Visitenkarte.

„Also Regeltechnik!", stellt er fest, als ob sich seine Ahnung bestätigte. „Auch für Sicherheitsanlagen, Herr Wellig?"

„Denkbar", antwortet der und ergänzt, dass seine Aufgaben derzeit ausschließlich im Bereich der Installation und technischen Unterhaltung von Fahrtreppen und Liftanlagen liegen.

„Nun ja, da wäre ein Berührungspunkt", fährt Hachental beiläufig fort, „wenn man in Betracht nimmt, dass Rolltreppen ebenso wie Alarmanlagen ihren Zwecken entsprechend intelligent zu regeln sind."

Small Talk, nichts anderes denkt Christoph und wendet sich wieder der Schachzeitschrift zu. Die ältere Dame räuspert sich.

Die Abteiltür wird aufgezogen. „Kaffee, kalte Getränke, Snacks?" – Kein Bedarf! Schweigen im leisen Summen des Fahrgeräusches.

Die eingetretene Stille hat Hachental offenbar zum Nachdenken über Rolltreppen angeregt. „Schon seltsam" meint er versonnen, „welche Funktionen Rolltreppen außer der des Personentransportes erfüllen. Veranlasst ihre

Nutzung nicht geradezu zur Besinnung über Zeit und Bewegung?" Er kreuzt die Hände im Nacken. „Zwar in Momenten nur, doch nachhaltig für den, der zu beobachten weiß."

Meine Güte, welch eine krause Gedankenwelt! Und dann auch noch diese abgehobene Ausdrucksweise! Christoph ignoriert sein Gegenüber, blättert lustlos in der Schachzeitschrift. Am liebsten würde er das Abteil wechseln.

Unbeirrt setzt Hachental die Betrachtung über die erweiterte Funktion einer Rolltreppe fort, und Christoph ist sich jetzt nicht sicher, ob der Mann vor sich hinspricht oder ihn meint.

„Nach dem Einstieg steht man zunächst steif wie alle anderen auf einer Stufe. Erreicht man die Stelle, an der sich aufsteigende und niedergehende Treppen begegnen, fällt der Blick auf jene, die prozessionsartig nach unten gleiten - untätig und ergeben in das Unvermeidliche einer Fahrt mit der Rolltreppe. Man beginnt an seiner Wahrnehmungsfähigkeit zu zweifeln: Bewege ich mich nach oben oder der Raum sich nach unten?" Er räuspert sich. Da Christoph noch immer nicht reagiert, zieht er sich in seine Sitzecke zurück und murmelt vor sich hin - „eine Szene, die Fritz Lang geschaffen haben könnte: bildliche Parabel der Schicksalhaftigkeit des Lebens moderner Menschen, im Auf- und Abstieg gebunden an Automatismen."

Tiefsinniges Geschwafel! sagt sich Christoph. Dennoch lächelt er Hachental verständnisvoll zu. Hoffentlich schweigt er dann, dieser Reisephilosoph! Der, offenbar zufrieden mit seinem Vergleich, streicht sich über das Haar. Für Christoph stellt sich die Frage: *Pferd oder Springer opfern?* Die Dame an der Tür legt einen Papierstreifen zwischen die Seiten, schließt das Buch.

Der ICE verlangsamt die Fahrt. Der Blick aus dem Fenster fällt auf Kleingartenanlagen, Industriebauten, Straßen, Vorstadtsiedlungen. Der Zug schwingt über Weichen. Hachental beugt sich zum Fenster. „Karlsruhe", sagt er.

„Schon?" meldet sich die ältere Dame, rückt den Rock zurecht und nimmt die Reisetasche von der Ablage. „Gute Reise!" wünscht sie und zieht die Abteiltür auf, wendet sich dann nochmals um und mustert die beiden Männer.

Wir erreichen in wenigen Minuten Karlsruhe . . . der dezente Ton der Zugdurchsage. *Sie haben Anschluss. . .*

Hachental hat das Hand-Case geschlossen, die Hände darüber gefaltet. Der Zug gleitet in die Bahnhofshalle, noch immer in beachtlichem Tempo. Dann greifen die Bremsen. Erstaunlich, sinniert Christoph, wie Bremsvorgang und Standfestigkeit der Menschen auf den Gängen und vor den Waggontüren in einem modernen Zug harmonieren. Kaum ein auszugleichender Schub nach vorne. Der Zug hält.

Hachental ist aus seiner lethargischen Beobachtung erwacht. „Ja, Karlsruhe, die Stadt der Kunst", raunt er vor sich hin. Christoph stellt nach flüchtigem Aufblicken mit Befriedigung fest, dass die Anmerkung nicht ihm galt. Er blättert nach einer weiteren Partie, nun einer auf mittlerem Niveau.

Das Aufschieben der Abteiltür unterbricht ihn. Zwei Herren treten ein, angelockt von den vier freien Sitzen. Der jüngere studiert die Reservierungsanzeige: „Ach, ab Karlsruhe nur noch einer unbelegt", nuschelt er und verlässt das Abteil. Sein Begleiter zieht die Brille hinter dem Einstecktuch hervor, vergewissert sich und folgt.

„Dann werden wir gleich Mitreisende bekommen", bemerkt Hachental. „Sie fahren auch bis Basel, Herr Wellig?"

Christoph nickt. Hachental erhebt sich, unterzieht die Reservierungsvermerke einer genaueren Untersuchung.

„Bis Freiburg", murmelt er, öffnet die Abteiltür und tritt auf den Gang.

Christoph schaut ihm nach: Ein schlanker, mittelgroßer Mann mit vollem meliertem Haar, am Ansatz weiß. Über dem schwarzen Polohemd eine Lederjacke in der Patina ihrer Jahre, Gabardinehose und Slipper in abgestimmten Brauntönen. Eine unauffällig elegante Erscheinung, dieser merkwürdige Mensch. Etwa Mitte Siebzig? Der schaut den Gang entlang, als müsse er von ihm erwarteten Mitreisenden entgegengehen.

Der ICE fährt an, Hachental kehrt zurück, nimmt das Hand-Case auf, setzt sich. „Wir haben Glück gehabt, Herr Wellig. Die uns Angekündigten haben offenbar ihre Pläne geändert." Er reibt das Kinn, raunt nachdenklich in das anschwellende Fahrgeräusch: „Es hätte mich gereizt, die Reise in Karlsruhe zu unterbrechen. Aber ich werde ja in Basel erwartet."

Wann Hachental ihn meint oder Selbstgespräche führt, ist für Christoph noch immer nicht abzuschätzen. Dessen Bedarf, mit ihm im Gespräch zu bleiben, ist aber offensichtlich. Diese Art der Kommunikation erinnert Christoph an den Schwiegervater. Nach dem Tod der Frau einsam im großen Haus, ruft er zu ungelegenen Zeiten an. Der letzte Besuch beim Internisten oder der Streit mit dem Nachbarn über das Schneiden der Hecke rauscht durch die Hörmuschel. Er hat einen Menschen erreicht, zu dem er sprechen kann.

Christoph legt die Schachzeitschrift auf den Platz neben sich, nahe genug, um sie gegebenenfalls rasch zur Hand zu haben. Hachental lässt sich die Zufriedenheit über diese Geste nicht anmerken. Er knüpft an, wo er im Moment zuvor verblieben war, der in Karlsruhe wünschenswerten Reiseunterbrechung, die heute seiner Verpflichtung in Basel wegen nicht sein kann.

„Ja, Karlsruhe, ein Ort der Kunst und Technik! Bei weitem keine langweilige Beamtenstadt mehr. Vielleicht war sie das einmal, zu Zeiten der badischen Großherzöge von Napoleons Gnaden!" Er zwinkert schelmisch: „Versäumen Sie nicht, lieber Wellig, den Chef des Hauses Baden mit *Königliche Hoheit* anzusprechen, falls Sie ihm als Spezialist für Aufzüge in einem seiner Schlösser oder Landhäuser begegnen sollten. Er besteht darauf!" Und nach einer Kunstpause . . . „Besser, man engagiert Sie in Magazinen der Museen und Galerien. Da wäre ich gerne dabei", meint er nachdenklich. „An solchen, von Geheimnissen umwitterten Orten, stößt man aller Wahrscheinlichkeit nach eher auf Werke vergessener Künstler, als beim Adel. . . Maler, Herr Wellig, denen der Durchbruch in schlechten Zeiten nicht gelang und die Beachtung verdient hätten!", ergänzt er nachdrücklich.

Was versucht er anzudeuten? Christoph, einem Nachgeborenen, sind die großen Verwerfungen jener Zeit schemenhaft bewusst. Wie sie sich auf Kunst und Künstler ausgewirkt haben, dazu fällt ihm nur ein Begriff ein: *Entartete Kunst!* Dieser seltsame Mensch - ihm gegenüber in einem Eisenbahn-Abteil -, der Christoph Satz um Satz seine Welt aufdrängt, hat allem Anschein nach eine ambivalente Beziehung zur Kunst dieser Jahre, einem Chamäleon gleich. Nun gut, seine Sache! Nicht von ihm, dem Ingenieur, zu beurteilen. Dieser Mann bezeichnet sich schließlich als Sachverständiger.

„Tja, diese Zeiten ließen zunächst die verschwinden", setzt Hachental fort, „die nach Dreiunddreißig nicht mehr gefragt sein durften und nach Kriegsende jene, die in der braunen Zeit der vorgegebenen Ästhetik gefolgt sind." Er beugt sich zu Christoph, winkt ihn mit der Hand zu sich, als vertrüge selbst im leeren Abteil sein Insiderwissen nur den Flüsterton. „Und trotz Malverbot hat so mancher oder manche dennoch nach Dreiunddreißig gearbeitet." Er lehnt sich wieder zurück. „Völlig unbekannt gebliebene Werke, meistens harmlose Sachen und keine großen Formate - Landschaften, Portraits. Kaum Anlehnungen an vorausgegangenes Œuvre . . ," er beugt sich erneut zu Christoph, als gelte es noch immer, sich vor unerwartet auftretenden Lauschern in Acht zu nehmen - „. . . und daher unverdächtig. "

Er hebt die Augenbrauen, kraust die Stirn und sieht über Christoph hinweg. Taktik, um sich dessen Aufmerksamkeit zu vergewissern? Die scheint ihm jetzt sicher zu sein. Christoph hat offenbar die Schachzeitschrift vergessen und zeigt sich auf Hachental konzentriert.

„Manch einer umging den untersagten Erwerb von Öl- oder Pastellfarben, von Leinwänden und speziellen Papieren", fährt der fort, „indem er Farben benutzte, die für Anstriche vorgesehen waren. Der Geruch nach frischer Farbe durfte im Raum nur nicht sofort wahrzunehmen sein. Der Blockwart konnte plötzlich auftauchen. Also malte man des Nachts oder in frühen Morgenstunden und lüftete gründlich. Es entstanden Bilder auf zerteilten Leinwänden unfertiger Werke oder über alten Skizzen und auf der Rückseite von Tapeten. Einige verwendeten Farbkreiden auf Karton, klebten Collagen oder bemalten Wände."

„Sind das die Werke, die Sie in den Magazinen vermuten?"

Hachental verschränkt die Arme und lehnt sich ins Polster, übergeht Christophs Frage.

„Wellig, kleine Aquarelle und vor allem Bleistiftzeichnungen waren immer möglich, in der Regel im Besitz der Künstler beziehungsweise ihrer Familien verblieben. Wer von denen, die mit Malverboten belegt waren, wollte sich mit Stillstand abfinden? Der braune Spuk musste doch einmal ein Ende nehmen!" Er streicht sich über den Kinnbart und lacht verhalten.

„Die nach Fünfundvierzig aus den Museen Ausgeschlossenen hatten es vergleichsweise leichter. In gewissen Kreisen waren sie nicht vergessen, sind es bis heute nicht."

Zu welcher Seite tendiert er nun eigentlich in seinem kryptischen Gerede, fragt sich Christoph. Er wird den Verdacht nicht los, hier baue sich einer mit Quasi-Insiderwissen in Andeutungen auf. Ein kleiner Fisch im seichten Teich.

Hachental rückt auf dem Polster vor, stützt mit der Hand die Wirbelsäule, atmet durch, als schmerze ihn das Leid vergessener Künstler.

„Ewig Gestrige gewannen nach und nach wieder Einfluss", quetscht er angestrengt atmend hervor. „Oh, mein Rücken! Auch ein Resultat dieser verdammten Jahre."

Nun runzelt Christoph die Stirn. Einer, der zu den vom Rassenwahn Betroffenen zählte oder doch im Dienst der offiziellen Kunstszene stand? Im Durcheinander der Nachkriegsjahre war vermutlich Sachverstand gefragt, und der wechselte gegebenenfalls die Seite.

Hachental ahnt wohl Christophs Verunsicherung und wird deutlicher. „Ich erinnere an die vor Spruchkammern in Nachkriegsjahren als minderbelastet Eingestuften aus Unternehmerfamilien. Große Namen, Herr Wellig, offenbar unverzichtbar für den Wiederaufbau und rasch wieder im Geschäft. - Wer von diesen eine

Skulptur von Arno Breker sein Eigen nennt, verbirgt sie heute längst nicht mehr. Und wer ein Gemälde von Emil Nolde besitzt, dem Pendler zwischen Kunst und Partei, wird das Bild nicht in einer dunklen Flurecke seiner Villa aufhängen."

Er sieht Christoph eindringlich an, fixiert ihn geradezu.

„Aber das sind Bekannte auf eigenen Wegen in Zeiten ‚völkischer Kunst', Herr Wellig. Die Werke ihrer linientreuen Zeitgenossen - muskulöse Gestalten, die Spitzhacken schwingend, sehnige Bauernhände am Pflug und lachende rotwangige Maiden am Heuwagen, alles in Öl - werden noch immer an den Wänden so mancher Kanzlei hängen, beziehungsweise in Stuben gewisser Leute die Bedeutung ‚wahrer Kunst' vermitteln."

Die Namen sagen Christoph nichts; die beschriebenen Sujets sind ihm in Wohnungen der Eltern von Studienkollegen hin und wieder aufgefallen. Für ihn, den Techniker, romantisierender Kitsch in Öl. Sichtbare Nachklänge einer nicht überwundenen völkischen Gesinnung ihrer Besitzer. Hachental wird einer sein, der den Spuren der Hinterlassenschaft weniger bekannter Künstler jedweder Couleur folgt. Sollte sich der Kunsthandel aus Skrupeln und Gewissensnöten einer Richtung verschließen? Die Bemerkung über Malverbote im Dritten Reich? Ein Nebenweg, auf dem Hachental seine Mission zu verharmlosen sucht?

Christoph wagt den Einwand, dass Künstler, die zur Nazizeit nicht ausstellen durften, nach Kriegsende doch die Chance gehabt hätten, nun ihre Werke öffentlich zu präsentieren.

„Ach Gott, lieber Wellig, wo denn damals? In zerstörten Galerie-Räumen oder in ruinierten Museen? Die Menschen dachten eher an Brot und Kartoffeln als an Kunst. Und dann das Geld – wertlose Reichsmark! Meine Güte, ein Bild wechselte eher gegen Eier, Speck und vor allem für Kaffee und Zigaretten den Besitzer. Über Devisen verfügte doch nur eine Minderheit."

Hachental beugt sich wieder vor. Kleine rote Flecken bilden sich auf seinen Wangen. Er wischt sich über die Stirn, als verlange der nächste Satz Mut.

„Aber dennoch, Herr Wellig, entstanden in jenen Jahren Sammlungen, die später ihren neuen Eigentümern Vermögen bescheren sollten. In der Regel reguläre Ankäufe aus dem Ausland durch Vermittlung versierter Händler – er lächelt maliziös -, „doch einige sicher unter der Hand, weil aus vormals jüdischem Besitz! . . . Herr Wellig, von den Erwerbern wird sie wohl keiner freiwillig einer Provenienzprüfung unterziehen."

Danach richtet er sich im Sitz auf, hebt die Hände. „Und wo stehen wir heute?", fragt er rhetorisch, wohl um das Glatteis der Vergangenheit zu verlassen. „Übersehen Sie nicht, Wellig: Wenn sich Installationen von Dingen des täglichen Gebrauchs und sogar Müll in der Kunstwelt etablieren, ist die Sehnsucht nach dem sogenannten Schönen auch nicht weit. Dieser Bedarf wächst, und der Markt kennt kaum Tabus, wenn der Gewinn lockt."

„Ach ja, Millionen für Sonnenblumen in Öl."

„Mein Gott, Wellig! Solche Vorgänge sind Stoff für die Boulevardpresse. Man kann allenfalls bedauern, dass dieser Van Gogh und bedeutende Werke der Gegenwartskunst der Öffentlichkeit entzogen werden. Museen haben in der Regel keine Mittel für derartige Ankäufe. Die sind bei weitem nicht der eigentliche Kunstmarkt."

„. . . auf dem Sie sich umsehen, Herr Hachental?"

Dessen eben noch lebhafte Mimik verkrustet. Die Falten unter seinen Augen bilden fein verästelte Linien. Er zieht die Lippen nach innen. Der den Mund umkränzende Kinnbart schiebt sich nach vorne. Hachental starrt zum Fenster hinaus. Bei etwa 160 km/h zieht die Landschaft vorüber wie ein zu rasch ablaufendes Video.

„Nein", sagt er ruhig und entschieden in die vorüberfliegende Szenerie einer beschleunigten Natur. „Ich verfolge andere Spuren . . . Spuren aus meiner Vergangenheit. Allenfalls sammle ich dazu auf Kunstmessen Eindrücke. Dank meiner Visitenkarte wird der eine oder andere Kunsthändler gesprächig."

In wenigen Minuten erreichen wir Baden-Baden. – Next stop Baden-Baden. –Sie haben Anschluss nach . . .

Hachental blickt auf die Uhr. „O ja, die Zeit verfliegt im Gespräch – *panta rhei*. Vor über zweitausend Jahren auf Segelschiffen bei günstigen Winden muss das Fließen der Zeit auch spürbar gewesen sein . . . für den reisenden philosophischen Geist, der sich der Beobachtung von Wind und Wellen hingab."

Solcherart geistvolle Verweise schmerzen Christoph. Für ihn bezwecken sie nichts anderes, als Kulturniveau zu demonstrieren - realitätsfremd. „Andere saßen auf harter Bank und ruderten sich die Hände blutig . . .", erwidert er bitter lachend.

„Richtig!", fällt ihm Hachental geschmeidig ins Wort. „Das trifft wahrscheinlich eher die Situation – damals wie heute."

Die Abteiltür wird aufgezogen; zwei französisch plaudernde Damen belegen ihre Plätze. Eine trägt einen kleinen Hund unter dem Arm: spitze Schnauze, aufgerichtete Ohren und in der Wärme hechelnd. Das Tier wird auf dem freien Platz neben Hachental abgesetzt, mit einem Leckerli zwischen zwei rot lackierten Fingernägeln auf seine Sitzposition konditioniert.

Die leuchtend rote Farbe der Nägel scheint es zu sein, die Hachental anregt, das Gespräch über seine Beziehungen zur Bildenden Kunst erneut aufzugreifen.

„Sie werden es mir kaum abnehmen, Herr Wellig: Ich meide Kunsttempel seit langem! Ausgenommen das neue Museum drüben in Baden-Baden." Christoph sieht ihn verständnislos an. „Die Sammlung Burda ist schon beachtenswert, erst recht die Architektur." Er schaut wieder zum Fenster hinaus, spricht gegen die Scheibe: „Egal, ob Werke der Sammlung, wie zum Beispiel von Richter, Baselitz oder eine Themen-Ausstellung, man könnte von einer ständigen Präsentation der Jahreszeiten sprechen, einbezogen in die Architektur." Die Distanz Christophs zu den Lichtgestalten moderner Malerei richtig einschätzend, merkt er an: „Beispielhaft die Werke von Baselitz:

Abbildungen erkennbarer Motive auf dem Kopf, zum Beispiel das eines Kieswerks . . . Jenseits der Glasfronten die beeindruckenden Bäume der Lichtenthaler Allee, an der Wand ein Kieswerk kopfüber."

Hachental hüstelt nun, als habe die verkehrte Welt des Baselitz seine Atmung beeinträchtigt. Christoph sieht ihn an wie ein Kind, dem man in dürren Worten den Anblick eines verzauberten Schlosses zu beschreiben versucht. Moderne Malerei beschränkt sich für ihn auf die Darstellung von weiblichen Körpern und Gitarren, zerlegt in geometrische Elemente, die sich im Nebeneinander ihrer schrecklichen Färbungen von ihrer wahren Gestalt entfernt haben. „Beinahe wie bei Picasso", bemerkt er verlegen.

Der Name des Genies veranlasst die Damen aus Frankreich zu flüchtigem Aufblicken aus ihrem Geplauder. Der Hund erhält ein weiteres Leckerli.

„Ach wo!", weist Hachental Christophs Assoziation zurück. „Aber seine Werke können Sie dort auch sehen, auf der Ebene über dem Eingangsbereich in einem Winkel. Sie stehen vor drei Bildern Picassos, und können abwechselnd diese oder den Ausblick auf den Park genießen " - er zögert -, „sofern die Bilder ihre Reise durch Museen nicht fortgesetzt haben."

Der simple Picasso-Einwurf scheint ihn nachdenklich gemacht zu haben. Mit zögernder Stimme setzt er an: „Ich erwähnte vorhin Karlsruhe, Herr Wellig. Ich möchte Sie nicht zuvörderst in die Kunsthalle am Schloss locken, obgleich Sie dort in der Orangerie auch auf die Moderne treffen. Nein, ich empfehle das ZKM in der ehemaligen Munitionsfabrik . . . Nebenbei, die architektonisch bemerkenswerte Nutzung ehemaliger Industriebauten von der Wende des 19. zum 20. Jahrhundert . . . könnte gerade Sie ansprechen."

Christoph schwankt zwischen Sättigung an Monologen über Kunst und Interesse an dem, was diesen Mann antreibt. Und er sieht Annette vor sich, fühlt ihren Blick, ihre unausgesprochenen Wünsche sonntags am Frühstückstisch, wenn sie die Möglichkeiten der Tagesgestaltung erörtern. In der Regel mit den Söhnen Flugmodelle bauen, draußen erproben, zum Fußball fahren. Wann waren sie das letzte Mal im Theater? Und Kunst, ein Museumsbesuch? . . . Mein Gott, das ist lange her!

„Ja, . . . das wäre ein Ziel für eine Unternehmung mit der Familie", reagiert Christoph verhalten auf Hachentals Vorschlag. Der spürt wohl sein Schwanken zwischen Ermüdung und Interesse und schweigt.

Der Zug verzögert seine Fahrt. Die eine der Französinnen wird unruhig. „Déjà Fribourg?" Beide Damen blicken nun in nervösem Wechsel links und rechts zu den Zugfenstern hinaus. „Non, non, en moment nous passons Appenweier avant de Offenburg", bemerkt Hachental nüchtern. „O merci, Monsieur!" Die Damen beruhigen sich.

„Und wenn Sie das tun sollten", greift nun Hachental Christophs Anmerkung auf, „fragen Sie nach Yves Kleins blauem Bild. Dessen Titel kann ich Ihnen jetzt nicht genau nennen, aber meiner Erinnerung nach *Mono-chromes Blau*. Diesem Bild, ein großes Bild", ergänzt er eindringlich, „nähern Sie sich in langsamen Schritten, lassen es auf sich wirken. Sie werden eine Wahrnehmung erfahren, die ich Ihnen jetzt nicht beschreibe. Jeder Betrachter hat sie etwas anders."

Er stemmt sich aus dem Sitz hoch und registriert mit deutlicher Zufriedenheit Christophs erstaunten Gesichtsausdruck.

„Nichts als blaue Farbe?"

„Nichts anderes!", bestätigt Hachental und wendet sich wieder zum Fenster.

„Falls Sie etwas mehr entdecken sollten, als eine Ihnen monoton erscheinende blaue Fläche, haben Sie einen Schlüssel, Ihren persönlichen Schlüssel, zum Eintritt in die Welt der Moderne gefunden", sagt er gegen die Scheibe.

„Yves Klein", murmelt Christoph versonnen. „Ja, zunächst der!", bestärkt ihn Hachental.

Hachental blickt auf die Armbanduhr. „Keine Stunde mehr bis Basel", raunt er vor sich hin. Er wirkt unruhig, stellt das Hand-Case vorsichtig an der Armlehne neben dem Hund ab. Der hält das für einen Vertrauensbeweis und nähert sich mit der Nase Hachentals Handrücken. „Bon chien," flüstert der dem Hund zu, streichelt das Tier und wendet sich der Abteiltür zu. „Pardon!" Zwei Paar Damenbeine schwenken zur Seite. Ein Rocksaum wird über dem Knie festgehalten. Hachental passiert in Seitwärtsschritten. Von vorne lächelt man ihm zu; von hinten gleiten Blicke an ihm hinauf.

Der ICE hat längst Offenburg passiert. Bahnsteige huschen vorbei. Aus der Geschwindigkeit heraus sind die Beschriftungen nicht zu lesen. Beim Hinaussehen ein riesiger Parkplatz - ein Auslieferungslager. Die Dächer neuer Automodelle glänzen in der Sonne. Christoph vermutet, dass der Zug über Lahr hinaus ist. Hachental hat sich mit den Armen am Gangfenster abgestemmt und blickt regungslos auf die mit Wein und Obstgärten bestandenen Hügel der Vorbergzone des Schwarzwaldes, die hier wie eine Delle im Gebirge wirkt. Nicht lange und er kehrt zurück. Bevor er Platz nimmt, zieht er aus der rechten Tasche seiner Lederjacke die Reiseunterlagen.

Die Abteiltür wird zur Seite geschoben. Der Zugbegleiter verlangt die Fahrtausweise. Die Damen aus Frankreich reichen ihre Tickets. Die versieht er mit dem Aufdruck seiner Stempelzange, ebenso Christophs. Hachental steht noch immer vor seinem Platz, reicht dem Kontrolleur einen Computerausdruck. Der mustert das bedruckte Papier.

„Ihren Personalausweis bitte, Herr Schrommel!"

Hachental erblasst, reicht den Personalausweis nach. Damit scheint alles seine Ordnung zu haben. Der Zugbegleiter wendet sich nochmals Christoph zu. „Ihren Anschluss nach Olten kennen Sie?" Christoph streckt die Hand zur Computertasche über sich.

„Hier ist ein Ausdruck des Reiseplans." – „Dann

gute Reise!", wünscht der Mann mit den roten Streifen am Ärmel.

Hachental fährt sich verlegen durch die Haare, nimmt in nervöser Hast das neben dem Hund abgestellte Hand-Case auf, blickt suchend um sich, als habe er etwas übersehen. Richtig, die kleine Reisetasche in der Gepäckablage. Er wirkt verwirrt. Mit unsicherem Blick aus bleichem Gesicht wünscht er eine gute Weiterreise und verlässt eilig das Abteil.

Die Damen sehen Christoph betroffen an. Der Stimmungswechsel Hachentals, sein plötzlicher Aufbruch wird auch ihnen seltsam erschienen sein. Dieser andere Name, Hachentals Verwirrung! - Wer ist dieser Mann? Offensichtlich nicht derjenige, für den er sich ausgibt. Eine solch oberflächliche Tarnung, die bei einer Routinekontrolle der Tickets bereits auffliegt, lässt weniger auf einen kriminellen Hintergrund als auf Hochstapelei schließen. Die betonte Distanz zum Kunstbetrieb und die Andeutungen seiner besonderen Aufgabe, missionarisch eingebracht, passen ins Bild. Hier lebt einer neben seiner Realität, sagt sich Christoph. . . . Nein, der Mann ist nicht unsympathisch. Vielleicht ein Kranker? Zu Beginn der Reise der Hinweis auf den Kopf, der nicht mehr alles mitmache, der schmerzende Rücken?

Er entschließt sich Hachental zu folgen, ihm eventuell Hilfe anzubieten. Auf jeden Fall sollte er ihn jetzt nicht aus dem Auge verlieren. Christoph erhebt sich, wirft einen Blick auf seine Computertasche.

„Folgen Sie ihm, diese Mann ist nicht stimmig!", fordert ihn die Dame mit dem Hund plötzlich in verständlichem Deutsch auf. „Keine Sorge, Monsieur, wir sehen auf Ihre Tasche. Diese Mann geht es nicht gut."

Einen Wagen weiter sieht er Hachental vor dem Ausgang, nähert sich ihm in der Zurückhaltung aus Zweifel und Anteilnahme. „Geht es Ihnen nicht gut, Herr Hachental, ist Ihnen übel?"

„Nein, Herr Wellig, mit mir ist nichts. Jedenfalls nichts, was ich nicht schon kenne", spricht er monoton gegen das Fenster der Tür. „Machen Sie sich keine Sorgen um mich. Ich werde in Freiburg die Reise unterbrechen." Christoph reicht ihm die Hand. „Dann alles Gute, Herr Hachental und aufrichtigen Dank für das, was Sie mir vermittelt haben."

Hachental, seine beiden Gepäckstücke zwischen den Beinen, wendet sich um, ergreift Christophs Hand, legt die andere darüber. „Wellig", sagt er, „ich habe Ihnen zu danken, für Ihre Geduld und Ihr Verständnis." Er löst seine Hände abrupt, wendet den Kopf und blickt wieder zum Türfenster hinaus. Er hat feuchte Augen.

Als Christoph in das Abteil zurückkehrt, ordnen die Damen ihre Reiseutensilien. „Ist er wieder normal?", erkundigt sich die mit dem Hund. Christoph weiß nichts zu antworten. Der Abschied von Hachental ist ihm nahegegangen. Die Dame legt eine Hand auf seinen Oberarm. „Vermutlich eine arme Mann, Monsieur", sagt sie. „Ich glaube die Reaktion zu kennen, weil ich war lange Zeit docteur für solche Leute von unsere Armee ... für die mit eine Beschädigung am Kopf. Sie verstehen?"

Sie nimmt den kleinen Hund unter den Arm. Der erwartet freudig winselnd die Veränderung. Die Frau wendet sich in der Abteiltür um. „Man kann nicht viel machen, aber Teilnahme ist gut für ihn", sagt sie. Dann folgt sie ihrer Begleiterin. Christoph sinkt auf seinen Platz am Fenster.

Freiburg Hauptbahnhof. Sie haben Anschluss nach ...

Er eilt zum Ausgang, beugt sich aus der Tür und überschaut den Bahnsteig. Von Hachental keine Spur! Ob er doch bis Basel bleibt? Er wird ja erwartet.

Dann kehrt Christoph zurück in das Abteil und schaut aus dem Fenster. Sein Blick bleibt an einer großen, blauen Reklametafel haften.

Fast nur blaue Farbe! Darüber in Weiß ein geschwungener Schriftzug. Der verwischt langsam im Anfahren des Zuges.

◆

Samstagstour

März 2003

Der IC nach Stuttgart ist verspätet. Thea fröstelt auf dem zugigen Bahnsteig, geht auf und ab und hält den Mantel am Hals zusammen - Sonntagabend Mitte März. Timo sitzt mit seinem Wochenendgepäck lethargisch auf einer Bank. Er wohnt in Stuttgart und sie hier in Karlsruhe.

Nicht unbedingt dienlich für die junge Beziehung. Es war im September vergangenen Jahres, dass sie zum ersten Mal aufeinandertrafen – im wahren Sinn des Wortes. Thea, achtunddreißig, brünett, attraktiv und schlagfertig, fand den zurückhaltenden, schlaksigen Mann, der so jungenhaft wirkte, obwohl er die Vierzig überschritten hatte, schon auf dem Standstreifen der Autobahn sympathisch.

Die abendliche Sonne stand tief und blendete. Thea hatte das Stauende auf der Autobahn kurz vor Bruchsal zu spät wahrgenommen und prallte mit deutlicher Bremsspur auf Timos VW-Bus. Beide Fahrzeuge mussten abgeschleppt werden. Und dann standen sie im Dunkeln auf dem Hof einer Werkstatt und überlegten, wie es weitergehen könne. Für Thea war es nicht weit, mit dem Leihwagen zu ihrem Appartement in Karlsruhe-Waldstadt.

Sie sollte ihn an der Ausfahrt Durlach absetzen, er wollte trampen. Thea bot ihm an, im Wohnzimmer auf der Couch zu übernachten.

Ein paar Schritte entfernt studiert sie den Fahrplan-Aushang und setzt sich dann zu Timo. „Für etwa dreißig Euro hätten wir ein Baden-Württemberg-Ticket. Mit dem können wir einen Tag lang im Land unterwegs sein. Komm, lass uns das demnächst von hier aus machen. Es gibt genügend Zugverbindungen, und wir finden einen gemeinsamen Tag. Nur nicht wieder mit dem Auto!"

„Und wohin?"

„Halt in irgendeine interessante Stadt, nicht unbedingt in der Nähe." Thea zieht Timo vor den Glaskasten mit dem gelben Plakat *Abfahrt*. „Hier zum Beispiel, mit dem ICE um 9.32 h nach Basel."

„Nach Basel? Hast du eine Vorstellung von Basel?"

„Hab' ich nicht. Soll eine interessante Stadt sein. Aber wir müssen nicht unbedingt nach Basel. Baden-Baden und Freiburg liegen an der Strecke. Wo wir aussteigen, ist bahntechnisch egal und kostet immer dasselbe."

„Das Baden-Württemberg-Ticket gilt aber nicht im ICE. Und was dann?"

„Ja, was dann?. . . Dann nehmen wir eben einen Regionalexpress und steigen irgendwo aus. Ich sehe mir alles an, nur kein Museum! Das sage ich dir gleich!"

„Kirchen vielleicht?"

„Schon eher! . . . alles Timo, was architektonisch interessant ist, halt nur kein Museum."

„Was hast du gegen Museen?"

„Ich hasse diese belehrenden Glasvitrinen!"

„Aber Thea, du musst dir doch dort nichts merken und anschließend Tagebuch schreiben."

„Woher weißt du, dass ich Tagebuch schreibe? Du hast in den Schubladen meiner Kommode geschaut! Gib's zu!"

„Unsinn!"

„Also lass' uns demnächst mit dem Zug fahren, statt zuhause rumzusitzen, jeder wieder mit seinem Kram für die nächste Woche . . . Mensch! Wir brauchen Abwechslung, und ich bin so gern mit dir unterwegs.

*

Am folgenden Samstag, einem Tag, der erste Frühlingswärme verspricht, nehmen sie den Regionalexpress mit doppelstöckigen Wagen.

„Bitte oben, Timo! Mehr Übersicht. Meinst du nicht auch?"

Er heißt nicht Timo, aber sie nennt ihn so, weil sie nicht Manfred zu ihm sagen kann. Der dritte Manfred wäre er, und das ertrüge sie nicht. Timo klinge doch nett und sei praktisch kurz!

Dorothea, die er Thea nennt, weil sie Doro für eine Verkürzung hält, die nach Vernissagentussi klingt, holt eine Plastikbox aus dem, wozu sie Backpack sagt. Für ihn ist das nach wie vor ein Rucksack.

„Ein Mettwurstbrot, Timo?"

„Danke gern! – Möchtest du im Austausch einen Müesliriegel?"

„Behalte deinen Riegel! Ich will mir nicht schon morgens den Magen mit Süßkram verkleben . . . Übrigens, hast du Obst dabei? "

„Zwei Bananen."

„Biobananen?"

„Ich müsste nachsehen."

„Wie, das weißt du nicht? Aber lass' mal, ich brauche einen Apfel."

„Äpfel könnten wir in Freiburg auf dem Markt ums Münster bekommen, direkt vom Bauern. "

„Schön, dann steigen wir in Freiburg aus."

„Nein, zuerst in Offenburg."

„Ach so, wir müssen ja in Offenburg umsteigen. Habe ich fast vergessen. Aber sag mal, wir könnten doch auch sitzenbleiben und bis Konstanz fahren mit unserem Ticket, oder nicht? Ist schließlich eine interessante Strecke, und die Stadt liegt am Bodensee – eine schöne Gegend."

„Ich dachte bis eben, dass du Äpfel vom Bauernmarkt in Freiburg möchtest."

„Mein Gott! In Konstanz wird es auch Äpfel geben."

Sie steigen dann doch in Offenburg um, weil er Thea davon überzeugt hat, dass eine noch weitere Zugfahrt für heute zu viel ist. Zudem, die Mettwurstbrote hätten nicht bis Konstanz gereicht.

Freiburg-Hauptbahnhof, Freiburg Hauptbahnhof! Sie haben Anschluss nach . . .

Thea schultert ihr Backpack und Timo hängt sich seine Tasche um. Sie durchqueren die Bahnhofshalle und warten an der Fußgängerampel. „Hier kenne ich mich aus, Thea. Die Straße hinauf Richtung Innenstadt, vorüber am Colombi-Park mit dem seltsamen Schlösschen – würde besser zum *Europapark* passen, als zur Stadt."

„Reizend! Aber sicher keine dreihundert Jahre alt", sagt Thea, als sie das Schlösschen auf der Anhöhe entdeckt.

„Jedenfalls nicht das Gebäude."

„Wieso sagst du das? "

„War halt Mitte des 19. Jahrhunderts für geltungsbedürftige Reiche üblich, alte Stile zu kopieren."

„Historismus?"

Er zuckt mit den Schultern. Warum fragt sie, wenn sie Bescheid weiß? Sie hasst doch Belehrungen.

Im Park schlagen sie den Weg aufwärts ein, vorbei an den Rebstöcken der Musterkultur zum Portal. „Ach, das hättest du mir gleich sagen können, dass das hier ein archäologisches Museum ist."

Die Sonne zeigt sich, wärmende Märzsonne! Thea steuert auf eine Bank in der Anlage zu, setzt sich und macht die Beine lang - diese langen schlanken Beine in der schwarzen Strumpfhose unter dem knappen Wollrock - und kreuzt die Arme hinter dem Kopf.

„Was hast du jetzt auf dem Zettel, Timo?"

„Markt, Münster und eventuell die Markthalle, so ne Art Passage mit einer Unzahl an Fressangeboten, von afghanisch über badisch bis türkisch. Ist ja Mittagszeit."

„Erst haste meine Mettbrote vertilgt und schon denkste wieder ans Essen!"

Eine weibliche Gestalt lässt sich neben Thea auf die Bank fallen. Nach flüchtigem Eindruck von der Seite eine aus der Straßenszene. Die Gestalt stöhnt erleichtert auf, sucht umständlich in den Taschen ihrer Parka und beginnt dann eine Zigarette zu drehen. Süßlicher Geruch breitet sich mit dem Rauch aus.

Thea, die militante Nichtraucherin, wedelt hektisch mit der Hand. „Puh! Noch schrecklicher als deine Gauloise, Timo."

Die schmuddelige Nachbarin in ausgebleichten, löchrigen Jeans, ausgeleierten Wollsocken, bis zur Wade darübergezogen, verdreckten Turnschuhen, dem rot-weißen PLO-Tuch um den Hals, beugt sich neugierig zu Thea. „Haste ihm das noch nicht abgewöhnt? Kannst ihn doch belohnen für jede Fluppe, die er lässt. Weißt schon wie! Heißt Verstärkersystem zur Tilgung unerwünschten Verhaltens."

„Wo meinst du? Die Belohnung muss doch sofort kommen, wenn er die Zigarette in der Packung lässt. Vielleicht in der Tiefgarage oder hinterm Supermarkt, wo sie leere Kartons hinbringen?"

Thea ist nicht so rasch verlegen.

Damit hat die Frau aus der Szene nicht gerechnet. Sie lehnt sich zurück, breitet die Arme über die Rückenlehne und zieht erst mal am Joint. „Unsereins friert sich bei dem Wetter den Arsch ab", meint sie sarkastisch, „aber das hast du ja nicht nötig."

Sie scheint keine Lust zu haben, die Unterhaltung fortzusetzen, döst vor sich hin. Unvermittelt springt Thea auf, streckt Timo die Hand hin. Er lässt sich von ihr hochziehen.

„Markt, komm! . . . Gibt's da irgendwo ein Klo? Du weißt schon, meine Blase."

„Nee, aus der Perspektive kenn' ich die Stadt noch nicht. Aber Touristen müssen gelegentlich mal. Irgendwo in der Nähe wird's eins geben."

„Na, du fürsorglicher Typ", meldet sich der weibliche Clochard, „hast keinen Schimmer, wie uns Weiber ne Entzündung plagen kann. Jetzt gehste mit deiner Hübschen dort vorne über'n Ring in die Rathausgasse und beim Rathaus rechts ab. Vor der Straße mit der Straßenbahn, also gegenüber der großen Buchhandlung, iss ne öffentliche Toilette."

Thea trippelt schon. – „Mach endlich!"

„Ja, haut ab! Ich komm hinterher, damit nix schiefläuft. Iss eh meine Richtung." Thea dreht sich nochmals um. „Danke auch!" ruft sie über die Schulter.

Rathausgasse – Fußgängerzone – Tagestouristen in Trupps, die schlendernd unerwartet stehen bleiben. Slalom um bummelnde Einkäufer mit reichlich Zeit. Timo rennt, rempelt an. Bei Verdacht auf eine Kollision ruft er schon mal vorab „Verzeihung!" und zieht Thea hinter sich her. Endlich der Rathausplatz, rechts abbiegen Richtung Bertoldstraße.

Die Beschreibung war eindeutig. Thea verschwindet eine Treppe tiefer, und Timo studiert gegenüber den Aushang der *Badischen Zeitung*. Auf der Sportseite angelangt, sieht er sie in der spiegelnden Scheibe die Gasse queren. Und wer geht neben ihr? Die Schmuddelige aus dem Colombi-Park.

„Mann, das war letzte Minute!" atmet Thea auf.

„Sollte dir nen Fünfer wert sein", murmelt die Gestalt vor sich hin, „sonst bräuchtste den nächsten Wäscheladen."

Timo fingert in der Hosentasche nach der Geldbörse. „Nimmste auch Münzen?"

„Ekel!" sagt sie und hält die Hand hin.

Kaum hat sie das Geld, wendet sie sich den beiden Typen neben dem Toiletteneingang zu und steckt dem bei seinem Hund auf der Decke Hockenden die fünf Euro in die Hand. Der Kompagnon mit Rastalocken, der Passanten mit dem Plastikbecher anbettelt, ruft ihr aus seiner Tätigkeit heraus zu: „Danke, Feli! Bist schon ne geile Type!"

Die winkt ab, sagt zu Thea: „Die Jungs haben's nötiger als ich."

„Soo?" reagiert Thea erstaunt.

Feli lacht und packt sie am Arm. „Du, das ist mein Job. Die Zwei kenn' ich. Die sind noch nicht lange da und als Konkurrenten in der Szene unbeliebt. Bin in Dienstkleidung unterwegs – Sozialarbeiterin! Kümmere mich für einen Verein von Gutmenschen um Penner und Obdachlose."

Dann hüpft sie um die Ecke Richtung Bahnhof davon.

Thea hängt sich bei Timo ein.

„Na also, da hast du doch eine Heldin für deine *Graphic Novel*. Kannst jetzt schon zufrieden sein mit dem Tag." Sie nimmt den anderen Arm zur Hilfe und schiebt ihn über die belebte Bertoldstraße.

♦

Verena

Nach dem Ende des Tunnels zügig talwärts gleiten, erhöht am Steuer des VW-Busses – wie im Panorama-Kino! Einem Kameraschwenk gleich, nimmt das Auge im Fließen der Fahrt die Landschaft auf: Farbflecken, Lichtfelder und Schattenzonen. Diffuse Bilder, hie und da von Markantem durchbrochen. Unwillkürlich streift der Blick den Bergwänden entlang zur Höhe, überspringt die Konturlinie zwischen Fels und Himmel und kehrt zurück auf die Straße. Die schon tiefer stehende Septembersonne überzieht das Tal mit einem warmen Goldton.

Momente eines noch sommerlichen Spätnachmittags auf der Gotthard-Autobahn. Es ist Samstag, und die Kette aus Lastzügen bleibt weitmaschig. Dann gelb blinkende Lichter und ein Warnschild: Unfall auf der N 2 vor Erstfeld. Die Abstände zwischen den Fahrzeugen werden kürzer, die Kolonne schiebt sich zusammen. Stop-and-go!

Timo hält die Hand vor den Mund, gähnt, sieht auf die Armbanduhr.

„Kurz vor sechs. Wirf mal einen Blick auf die Karte, Thea."

Die Kolonne rückt weiter. Zeit für Thea darüber nachzudenken, was Timo anzudeuten versucht. Er hasst Kolonnenfahren, plant vermutlich einen Umweg oder denkt an eine Pause.

„Wenn übernachten, dann irgendwo hier in der Schweiz."

Aha, das ist die Botschaft! Gegen den Zug des Sicherheitsgurtes angelt sie in der Lüftungsrinne an der Frontscheibe nach dem Kaugummipäckchen, zieht einen Streifen heraus, lässt sich in den Sitz fallen, befreit den Kaugummi aus der Umhüllung und schiebt ihn in den Mund.

„Willst du auch?" Timo will nicht.

Sie beugt sich zum Ablagefach in der Seitentür, fördert aus der Ansammlung von Tramezzini-Packungen, und geknüllten Papiertaschentüchern die Karte hervor und faltet sie umständlich auf.

„Suisse 1: 303000 . . . hm, ein merkwürdiger Maßstab."

„Wird schon irgendwelche Gründe geben", brummt Timo nach einem Blick zur Seite. „Aber nur den nördlichen Teil, dann komm ich noch an den Schalthebel."

Weshalb ist sie beim Auffalten nur so verschwenderisch mit dem Raum?

„Wo sind wir denn, Timo?", kommt es hilflos vom Nebensitz.

„Geh' zum oberen Kartenrand bis zum Bodensee, und von dort runter zum Vierwaldstättersee."

Thea faltet die Karte waagerecht auf die Hälfte, zieht den Kartenstreifen über die Knie und knickt ihn senkrecht. „Aha, hier!", murmelt sie vor sich hin.

Die Kolonne beginnt sich zu bewegen. Vor einer Kurve ist wieder Schluss.

„Wir kommen aber doch nicht von Chur auf den Bodensee zu, Timo . . . oder doch? Im Tessin habe ich ein Richtungsschild über der Autobahn gesehen. Auf dem stand *Chur*."

„Mit einem nach rechts weisenden Pfeil, liebste Thea! Wir sind geradeaus gefahren - Richtung Gotthard - und nähern uns, sobald es vorne weitergeht, dem Vierwaldstättersee."

Sie zieht die Karte auf den Knien nach rechts.

„Ich hab's!", meldet sie sich nach Minuten. „Nächste Ausfahrt Altdorf und weiter auf der Autobahn links um den See herum nach Luzern. Okay?"

„Nein, lieber am rechten Seeufer entlang, über die berühmte Axenstraße, Thea.

Der Verkehr beginnt wieder zu rollen, auf die Unfallstelle zu. Eine Ampel regelt die Passage über die Gegenfahrbahn. Erneutes Anhalten. Zeit zu überlegen, wie er ihr erklärt, dass er nicht die Absicht hat, heute noch bis Stuttgart durchzufahren.

„Im Prinzip gleich, ob links oder rechts am See entlang. Aber nur im Prinzip! Wie schon gesagt, wir nehmen die Ausfahrt Altdorf, dann Richtung Schwyz!"

„Ja, und wie weiter?" Theas Finger wandert über

die Karte... „Aha, also du willst nicht über Luzern im Pulk bis Basel, stattdessen quer durchs Land über Schaffhausen auf die Autobahn Singen-Stuttgart. Klug gedacht! ... Aber wie nach Schaffhausen?"

Sie studiert die Route und tippt auf die Karte. „Auf einer roten Straße nach Thalwil und dort auf die Autobahn nach Zürich ... Erst Landstraßen, und dann durch die Stadt? Eine Großstadt, Timo – Samstagabend! Und so willst du heute noch nach Stuttgart kommen?"

Im Moment bleibt ihre Frage unbeantwortet. Just vor ihnen schaltet die Ampel auf Rot. – Warten! „Timo, ich habe dich eben etwas gefragt." – „Jaaa, ich weiß."- „Also, was ist?"

Die Augen auf die Ampel gerichtet: „Nein, ich will heute Abend nicht durch Zürich. In Stuttgart kämen wir sowieso erst nach Mitternacht an, ganz gleich auf welcher Strecke. Dann noch nach Fellbach zu dir und ich anschließend zurück nach Vaihingen. Das schaffe ich heute nicht mehr."

„Du hast doch sonst nichts dagegen, bei mir zu übernachten. Wenn's zeitlich egal ist, bleiben wir dann nicht besser hier auf der Autobahn? Das dauernde Orientieren ermüdet! Wir sind heute schon sechs Stunden unterwegs!"

Timo zögert. Wie bringt er Thea bei, dass er hier übernachten will? - Das wird schwierig! Erst die Nachtfahrt, dann bei ihr übernachten? Dabei wird es morgen, an einem Sonntag, ja nicht bleiben. Und wenn er jetzt nach drei Wochen Toskana zurückkehrt, möchte er allein sein und in Ruhe sehen, was sich an E-Mails angesammelt hat.

Seinetwegen hat sie sich in den Raum Stuttgart versetzen lassen, und das mit der Ansage, dass unter der Woche jeder für sich bleibt. Ihren Arbeitstag regelt der Schulstundenplan, seinen bestimmen oftmals unkalkulierbare Wechsel vom Zeichentisch zu Kundenterminen. Sie braucht Regelmäßigkeit, er Freiheit zu spontanen Entscheidungen.

Er streicht Thea über den Arm. „Du, wir könnten von Schwyz Richtung Rapperswil fahren und uns einen Platz über dem Zürichsee suchen, dann morgen in der Früh die Stadt passieren. Wär' weniger belastend."

„Stimmt auch!", sagt sie verhalten, wird aber das Gefühl nicht los, dass die anstrengende Nachtfahrt nicht sein einziger Grund sein kann. Mittlerweile kennt sie ihren sensiblen Fallschirmjäger a.D., der oft so gelassen tut und damit seine Gefühle verbirgt. Sie hat ihn einmal gefragt, ob er sich beim Abspringen geängstigt habe. „Du tust halt, was die vor dir getan haben und die nach dir tun werden und lässt dich ins Leere fallen. Hängst ja an einer Leine, die den Schirm ausklinkt. Das eigentlich Riskante ist die Landung. Aus zehn Metern Höhe ist der Grund so nahe, dass du glaubst, jetzt könne nichts mehr passieren.", war seine Antwort.

Die Ampel springt auf Grün, die Kolonne rollt an. Eine Mischung aus Sprühwasser und Schaum sinkt auf die Fahrbahn. Die Wischerblätter gleiten über die Frontscheibe, verteilen in Schlieren einen schmierigen Belag.

Auf der gesperrten Seite ein Pulk von Einsatzfahrzeugen, quer über der rechten Fahrspur ein gekippter Lkw-Hänger, ausgebrannt. Von zwei roten Löschfahrzeugen aus wird Schaum auf den immer noch glühenden Hänger gespritzt, von einem dritten mit Wasser die Fahrbahn gekühlt. Fünfzig Meter davor der Lastwagen mit eingedrückter Fahrkabine, und ein Pkw, auf der Seite liegend. Kreisende Blaulichter, Personen in orangefarbenen Kombinationen und das ohrenbetäubende Geräusch eines Helikopters im Anflug. Die Kolonne gerät ins Stocken, passiert die Unfallstelle im Schritttempo. Danach beginnt der Verkehr wieder zu fließen.

„So, jetzt wird unser braver VW-Bus aussehen, als ob wir aus einer defekten Waschanlage kämen!", lacht Timo angestrengt in das Klacken der Scheibenwischer.

Thea dreht sich energisch zu ihm. „Deinen Humor kann ich momentan nicht teilen! Kannst du dir denn nicht vorstellen, wie man um das Überleben der Verletzten kämpft?", fragt sie aufgebracht. „Der Unfall ist noch keine Stunde her!"

Abrupt nimmt er das Gas zurück. „Nein, daran wollte ich nicht denken", sagt er leise. Hupend werden sie überholt. Sie dreht sich zu ihm, fasst ihn am Arm: „Ist dir nicht gut?", fragt sie besorgt. „Geht schon!", sagt er noch leiser.

Nach wenigen Kilometern setzt er den Blinker. Der Bus rollt auf die Ausfahrt Richtung Altdorf. „So haben wir's doch ausgemacht, Thea?"- „Ich war noch nicht so weit! Aber wenn du so sehr geschockt bist, dann lass uns halt irgendwo übernachten."

Vor Jahren war Timo schon einmal in dieser Gegend, für ein Wochenende nur, im Haus von Verenas Eltern.

Er arbeitete damals in einem Grafikstudio in Stuttgart, seiner ersten Stelle nach acht Jahren Bundeswehr und der Ausbildung zum Werbegrafiker. Verena jobbte in der Café-Bar über der Straße. In der Mittagspause kam er regelmäßig. Das lebhafte, zierliche Mädchen mit dem Schweizer Akzent gefiel ihm. Und als sie erwähnte, dass sie hier in Stuttgart die Zeit überbrücke, bis sie an einer Schauspielschule angenommen würde, sah er die Chance, mit ihr außerhalb der Mittagspause in Kontakt zu kommen. Er kannte die Theaterleute einer Kleinbühne. Verena erhielt eine Rolle als Serviermädchen in einer Boulevardkomödie. Ein Anfang! Aus der Schnittmenge ihrer Interessen entwickelte sich eine lockere Beziehung. Locker deshalb, weil Verena heute nicht sagen konnte, was sie morgen wollte. Sie lebte von Tag zu Tag und überraschte ihn irgendwann mit dem Vorschlag, das folgende Wochenende im Haus der Eltern über dem Zürichsee zu verbringen. Sei doch eine schöne Gegend!

Und dann hatte man ihn in einer engen Mansarde einquartiert, eher ein Abstellraum voller gestapelter Kartons. Aber ein bequemes Bett fand er vor und über dem Flur Dusche und WC. Die Stunden verliefen wie getaktet: Kaffee auf der Terrasse, Spaziergang mit Verena im Gelände hinter dem Haus, Abendessen in der geräumigen Küche, anschließend mit der Familie vor dem Fernsehgerät im Wohnzimmer. Man ging früh zu Bett. Der Gast fand wenig Beachtung.

Endlich allein mit Verena, begleitete sie ihn nur zur Treppe und verschwand in ihrer Mädchenkammer. Am Morgen weckte sie ihn um acht Uhr. Um neun ging sie mit den Eltern zur Kirche. Er blieb am Küchentisch zurück. Nach dem Mittagessen folgte ein frostiger Abschied.

Das war's - auch für Verena! Doch er konnte sie nicht vergessen – nicht ihre mädchenhafte Grazie, nicht ihre fröhliche Art und nicht die schönen Momente mit ihr. Nein, so locker, wie sie sich gab, war sie nicht, doch sehr, sehr spontan. Wenn sie wollte, rief sie an oder stand mit einem Plastikbeutel vor der Etagentür, übernachtete sogar bei ihm. Nach dem Frühstück verschwand sie, ohne ihm etwas versprochen zu haben. Das wiederholte sich unregelmäßig, bis eben zu diesem Wochenende bei den Eltern, das er sich so ganz anders vorgestellt hatte. Gewiss nicht unbedingt intim, doch ein Stück weit verbindlicher – er Mitte dreißig, sie gerade mal zweiundzwanzig. Das war 1995, vor elf Jahren.

*

Suchend sieht Timo am Hang entlang. Die Bebauung ist aufgelockert, wird dann wieder dichter. In Abständen Beleuchtungsinseln, Stichstraßen zu den oberhalb gelegenen Häusern. An der Ecke war eine Gastwirtschaft, das weiß er noch.

„Das schaut so aus, Timo, als wüsstest du, wo du hinwillst. Sollte ich mich irren?" Thea klingt gereizt.

„Nein, du irrst dich nicht. Ich schaue nach einem

Wirtshaus an einer Kreuzung. Die Seitenstraße führt im Bogen den Hang hinauf und hinter dem letzten Haus auf einen Wanderparkplatz. Dort oben habe ich vor Jahren schon mal übernachtet."

Eine Aussage mit eingeschränktem Wahrheitsgehalt. Beim Besuch von Verenas Eltern hatte er dort den Wagen abgestellt und nun erwartet er, dass Thea fragt: Und mit wem, bitte? Doch sie schweigt.

An einem Fußgängerüberweg verzögert er. Ein Mann mit Hund an der Leine quert die Straße. Unvermittelt weist Thea auf die linke Seite. „Dort, ein Wirtshausschild mit einem Schwan." Timo setzt den Blinker.

Hinter dem letzten Haus am Hang wird die asphaltierte Straße zum Weg, passiert einen Hangdurchstich. Nach etwa fünfzig Metern gelangen sie zum angekündigten Wanderparkplatz. Timo wendet und parkt den VW-Bus am Waldrand. Was folgt, ist nach drei Ferienwochen im Camper Routine.

*

„Ich habe geahnt, dass Sie kommen werden", empfängt ihn der Vater auf der Terrasse hinter dem Haus. „Sie ist da drinnen." Er zeigt auf die dunkle Glasfront eines Anbaus. Gab es den damals schon? Durch die Verandatür des zurückgesetzten Wohnzimmers schimmert das Flurlicht. Aus dem Dunkel nähert sich eine Gestalt. Eine Frau im Morgenrock, den sie mit den Händen unterhalb des Halses zusammenhält, Verenas Mutter. „Manfred", sagt sie mit hohler Stimme, „Sie werden sie nicht erkennen: abgemagert, kann sich kaum bewegen. Wir

wissen, was sie erwartet und uns mit ihr: der Tod . . . Krebs, fast überall im Leib."- Sie schluchzt trocken und hustet. Der Vater geht zu ihr, nimmt sie in den Arm. So treten sie aus der Verandatür auf die Terrasse. Das Licht der nahen Großstadt wirft einen rötlichen Schimmer auf die Wolkendecke über dem See. Sie stehen am Geländer und schauen in die Nacht. In der Dunkelheit sind die beiden Gestalten für Timo nur als Schemen wahrzunehmen.

Wo ist Thea? Timo beugt sich seitlich über das Terrassengitter. Oben am Gartentor wartet sie, von der Vorplatzlampe angeleuchtet, und sieht ausdruckslos über das Gelände hinweg.

Ein schmales Wesen, der Figur nach eine Frau in einem plüschigen Nachthemd mit aufgedruckten Blüten, schleicht aus dem Nebenraum zur Verandatür, hält sich an jedem erreichbaren Möbel. Suchend blickt sie um sich, streift Timo flüchtig mit unsicherem Blick, starrt auf die Gestalten am Geländer, torkelt schließlich über die Terrasse auf den Pfad zu, der am Garten vorbei abwärts führt, auf eine Fläche unterhalb. Der Hügel ist angeschnitten, eine Wand aus verbackenem Geröll, davor dichtes Gebüsch und darüber der Wald. Der Neigung des Pfades folgend taumelt die Frau auf die Freifläche zu, kann sich vor Schwäche kaum auf den Beinen halten. Timo eilt ihr hinterher. Erst unten erreicht er sie. Aber da ist sie schon gefallen. Plötzlich ist Thea da. Sie nehmen die Frau auf, er den Körper, sie die Beine. Auch die Mutter ist nachgekommen, legt ihr die schlaff herabhängenden Arme auf den Leib. „Bringt sie nach oben", sagt sie. „Wir Alten schaffen das nicht mehr."

Timo steht in einem großen Raum vor einer Mahagoni-Schrankwand, Neonröhren in der Deckennische. An zwei Sei-

ten über Eck großzügige Fensterfronten hinter einem boden-
langen Store und draußen die Nacht. In der Mitte des Raumes
ein ungewöhnlich großes Polsterbett, die Daunendecke zurück-
geschlagen. Auf diesem die Frau in dem plüschigen Nachthemd
mit den großen dunklen Blumen. Sie liegt zur Seite gekrümmt,
die Arme über die Polster gestreckt. Ihr Kopf beult das Kissen,
ihr Gesicht ist nicht zu sehen. Das lange dunkle Haar fällt
strähnig über Schultern und Kissen. Timo geht auf das Bett zu.
„Verena?", flüstert er. Die Frau bewegt die Finger. Die beiden
Alten sind plötzlich da und setzen sich vor ihm auf die Bett-
kante, versperren ihm den Blick. Verenas Mutter stützt sich
auf der Matratze ab, wendet sich zu der liegenden Gestalt. Der
Vater hockt steif daneben. Ausdruckslos fixiert er einen Punkt
an der Schrankwand.

Timo fröstelt. Die einzige Wolldecke hat Thea über
ihren Schlafsack gezogen. Durch die Frontscheibe schimmert das Grau des frühen Morgens. Vereinzelt Vogel-
stimmen. Er streckt sich nach der Parka; die hat er vor-
sorglich am Fußende abgelegt und zerrt sie über die
Beine, beugt sich über Thea. Die atmet gleichmäßig. Auf
dem Rücken liegend streckt er sich und überdeckt die
Augen mit dem Arm.

Der alte Mann begleitet ihn zur Garage unter der Terrasse und
zieht das Tor hoch. Thea liegt hinten im Bus und schläft. Wann
hat er den Bus in die Garage gefahren? Dicht neben dem Bus
steht ein hellblauer Käfer, ein uraltes Modell. Auf dem Beifah-
rersitz taucht ein Kind auf, ein kleiner blonder Junge. Er beugt
sich zur Fahrerseite und kurbelt das Fenster herunter. „Das
Parken kostet. Was gibst du mir?", ruft er herüber. Timo zieht
die Geldbörse aus der Hosentasche und kramt nach Kleingeld.

Der Knabe wird Franken wollen. Da, ein Halbfrankenstück zwischen Euromünzen. Er reicht die Münze durch das Autofenster. Jetzt bemerkt er, dass der etwa fünfjährige Junge einen Schlafanzug trägt und eine Wolldecke um sich gewickelt hat. „Danke!", sagt der und „Hast du noch mehr? Parken kostet viel im Parkhaus." Inzwischen ist der alte Mann hinter ihn getreten. „Das ist Paul, Verenas Söhnli, unser Enkel. Er schläft derzeit im Auto." Timo fällt das Werbegeschenk ein, das in der Seitentasche der Fahrertür steckt, ein Notizblock plus Kuli, original verschweißt. „Warte einen Moment", sagt er zu dem Knaben und geht zum Bus. Der alte Mann folgt ihm. „Über Jahre haben wir Verena unterstützt", murmelt der. „Erst die Schauspielschule und dann hier und dort ein Engagement. Von den Gagen war nicht zu leben, schon gar nicht mit einem Kind!" Der Alte fasst ihn am Arm. „Seit drei Jahren hat sie ein Auskommen, weil sie den Mann geheiratet hat, der Paulis Vater ist." - „Ich heiße Paul, nicht Pauli!" brüllt der Junge aus dem Käferfenster. „Der Papa macht Theaterstücke und ich will jetzt sehen, was du noch für mich hast." - „Hier, bei uns, bist du der Pauli, merk dir das!", kontert lautstark der Großvater. - Wenn Thea von dem Gebrüll nur nicht aufwacht.

Timo fühlt Feuchtes im Gesicht, schlägt die Augen auf. Es ist morgenhell. Thea wischt ihm den Schweiß von der Stirn. „Du hast wahnsinnig mit den Zähnen geknirscht. Was ist mit dir?"

Er richtet sich auf, stützt sich mit den Armen ab, schaut an ihr vorbei. „Lass' uns rasch starten. Wir frühstücken irgendwo unterwegs. Ich muss hier weg!"

◆

Nighthawks

Herbst 2007

Timos Hände streifen über Buchrücken: Fotografie und Grafik. Thea, den Kopf an seine Schulter gelehnt, verfolgt den Streifzug dieser schmalen, feingliedrigen Hände. Dann beugt sich der hochgewachsene Mann - Thea verliert ihre Stütze - zu den Comics in den unteren Fächern. Ach ja, sein Faible! Stapel von Comics neben und unter dem Bett, auf dem Fensterbrett im Bad, Reihen auf Regalbrettern und auf einem Bord über dem Küchentisch.

Band für Band zieht er aus dem reichlichen Angebot. Intergalaktische Abenteuer, Heldentaten fliegender Retter der Menschheit, Reprints und japanische Mangas gleiten durch seine Hände.

Und Thea?

Sie hat inzwischen das Kunstregal entdeckt, hier in ihrer Lieblingsbuchhandlung in der Herrenstraße, weniger aus Interesse, eher um die Zeit zu füllen – die Auszeit im Pflichtbesuch bei ihren Eltern in Karlsruhe.

Ein orientierender Blick und sie findet bestätigt, was sie ahnte: monströse Geschenkideen! Buchrücken für

Buchrücken berührt sie mit der Fingerspitze: Impressionisten von Cézanne bis Renoir . . Cézanne? -Ein Taschenbuch kommt ihr in den Sinn, eine schmale Monographie. Auch an Bilder von ihm erinnert sie sich – aus Kunstkalendern, alljährlich das Weihnachtsgeschenk der Eltern.

Thea hat den Bildband *Monet* - Seerosen auf dem Umschlag - halb herausgezogen, da fällt ihr Blick auf das Buch daneben: *Berthe Morisot*. Eine Frau unter den Impressionisten? Sie schiebt *Monet* zurück und greift nach *Berthe Morisot*, blättert: Frauen vor Spiegeln, in Gärten – Welch prachtvolle Gärten! – Frauen im Portrait – die Malerin als junges Mädchen - Ähnelt sie nicht um die Augen Freundin Christine aus Troyes? – Tochter Julie und vereinzelt Landschaften.

Die Malerin hat er noch nie erwähnt. Im Stehen beginnt Thea zu lesen. . .

„Timo, kommst du mal eben hoch?" Der mag sich nicht von den Mangas trennen. Gut, dann nicht! So entgeht ihm eben diese Berthe. Thea stellt den Band zurück.

Sie bückt sich zu den unteren Regalböden. Bevor sie den Streifzug über Buchrücken zur Klassischen Moderne fortsetzt, fällt ihr ein Schriftzug auf: *Amerikanischer Realismus*. Wenige Bände nur - und am Ende der Buchreihe. Ihr so neu, wie soeben die weibliche Impressionistin.

Sie kippt den letzten Band zur Seite. Die Abbildung der Frau auf dem Umschlag spricht sie an: mit Hut in einem rostroten Chiffonkleid im Wechsel von Sonnenlicht und Schatten, in der linken Bildhälfte. Aus dem Eingang eines Strandhauses blickt sie in lässiger Haltung gegen das Licht, die Unterarme unter den Brüsten verschränkt. Vom Wind angeheftet, klebt das Kleid an ihrem Körper. Ihre Aufgabe als Modell - deshalb auch die Pumps? - scheint die Frau in der Türöffnung gelangweilt hinzunehmen. - Ein diesiger Sommertag.

Thea nimmt das Buch aus dem Regal: *EDWARD HOPPER Hell und Dunkel*. Ein gewichtiges Buch, um die zwei Kilo schwer. Mit dem zieht sie sich auf die rote Ledercouch zurück und blättert.

Sie vergisst die Umgebung, richtet den Blick über das aufgeschlagene Buch hinweg nach innen. Vor ihren Augen streifen Bilder vorbei: Wolkenkratzer und weite Landschaften; Liz Taylor in *Vom Winde verweht*; James Dean schleicht im Trenchcoat mit aufgestelltem Kragen im Regen durch eine Stadt; Peter Fonda und Dennis Hopper unterwegs auf Motorrädern in der Weite des Mittelwestens; Robert De Niro in *Taxidriver*; *Paris, Texas* von Wim Wenders; die beiden schwulen Cowboys aus *Brokeback Mountain* . . .

Bildsequenz um Bildsequenz durchzieht ihre Erinnerung. Du glaubst Amerika von Bildern, aus dicken Romanen und Filmen zu kennen und warst noch nie drüben . . . ein anderer Kontinent, doch in vielem so nahe. Und Malerei? Vielleicht Andy Warhols Suppendosen oder Marilyn Monroe als Siebdruck? Auch die Farbspuren Jackson Pollocks – und sogar ein malender Schimpanse kommen ihr in den Sinn.

Aber amerikanische Realisten?

Die letzte Abbildung: Straßenkreuzung in einer Kleinstadt. Ein ovales ESSO-Schild an einem Masten rechts und daneben eine Ampel, von einem Autoreifen, zu Werbezwecken aufgestellt, am Fuß überdeckt. Der Maler schätzt offenbar Präzision. Nicht einmal das Preisschild fehlt. Die Straßenfront gegenüber wirkt wie eine Fotografie, - und weit und breit kein Mensch.

Unbemerkt hat sich Timo am Couchende niedergelassen. Thea überschlägt weiter Abbildung um Abbildung auf eine Art, die etwas von Gier hat: einer nach Licht! Dem Sonnenlicht auf bürgerlichem Milieu, dem auf perspektivisch exakt erfasster Architektur von Häuserzeilen und Baumreihen, dem nächtlichen Licht einer Tankstelle. - Schließlich diese Cars! Modelle aus den Dreißigern des zurückliegenden Jahrhunderts. Meine Güte, in diesem Jahrhundert wurde ich geboren – 1964! Wann hat Hopper gelebt? Timo wird das wissen.

Wo ist er? Nicht mehr bei den Comics? Und dann bemerkt sie ihn aus dem Augenwinkel in der Ecke auf der Couch. Da sitzt er und lächelt.

„Na, grase ich auf deiner Wiese, Maestro?"

Thea ist schlagfertig und empfindlich, vor allem, wenn Timo so wissend und gönnerhaft lächelt.

„Thea, denk an das Bild in meinem Bad!" Und dann wieder dieses Lächeln.

Welches Bild meint er? Dort sind zwei mit Klebestreifen auf den Kacheln befestigt: ein Tulpenstrauß auf einem Poster von irgendeiner Landesgartenschau und ein kleineres, vorwiegend dunkles. Im hellen Teil eine ausgeräumte Bar mit Barkeeper in weißer Arbeitsklei-dung und seitlich am Tresen ein Paar vor Kaffeetassen, davor der Rücken eines Mannes. - Die Frau trägt ein rotes Kleid! – fährt ihr durch den Kopf. Ist es nicht auf dem Bucheinband die gleiche? Sie betrachtet erneut das Bild auf dem Einband. Timo rückt auf, nimmt ihr das Buch vom Schoß, schlägt Seite für Seite um, bis zur doppelsei-tigen Abbildung der Bar-Szene.

„Das ist es doch, dein Badezimmerbild, das sonst nirgendwo hinpasst" – Thea schließt das Buch, tippt auf das Titelbild– „und mit der Frau im roten Kleid!"

Nun durchblättert Timo das Buch. Sie legt ab und zu die Hand zwischen die Seiten, ereifert sich in der Fest-stellung, dass Personen in Hoppers Bildern so gut wie immer statische seien, Statisten in einer Szene. Wogegen sich Architektur mit Landschaft im Licht erlebnishaft verbinde.

„Und die Akte?", fragt er und geht zurück zur Seite 209, darauf zur folgenden Doppelseite. „Das ist doch schon wieder die gleiche Person, Timo, erst jünger, dann in mittleren Jahren! In ihrer Nacktheit Statuen."

„Aber in präzise getroffener Körperlichkeit."

„Und, was sagt uns das? Du als Mann und Augen-mensch, wirst doch angesichts solcher weiblichen Blöße eine Meinung haben."

„Schau dir die Dame mit der Zigarette an, Thea. Auf mich wirkt sie, als habe sich der Maler wie ein Spiegel verhalten. Noch deutlicher gesagt: Er ist der Spiegel! Sexy sind diese Bilder gewiss nicht, sondern von einer unterkühlten Erotik, die männlicher Fantasie kaum Anregung liefert. Die Frau ist zu sehen, wie sie eben ist. Nichts weiter."

Timo schließt die Seiten. Er steht auf und will das Buch ins Regal zurückstellen.

„Warte! Hast du es denn in deiner Sammlung? Wenn nicht, dann nehmen wir es mit. Ich werde es dir schenken, von mir aus auch zum Namenstag – aber eben heute, gleich!"

Auf halbem Weg zwischen Couch und Regalwand bleibt Timo stehen, wippt auf den Absätzen. „Nein, habe ich nicht. Kann ja auch nicht sein, ist erst vor kurzem erschienen. Aber denk an den Preis, Thea – rund dreißig Euro! Außerdem habe ich ein paar Hopper-Drucke in meiner Sammlung."

Entschlossen nimmt sie ihm das Buch aus der Hand und strebt zur Kasse.

*

Rückfahrt von Karlsruhe nach Stuttgart. Hinter Pforzheim Stau vor einer Baustelle. Mit dichtem Verkehr war zu rechnen, aber nun Stau am Samstagabend? Es beginnt zu regnen. Minutenlanges Stehen, meterweises Vorrücken. Im Intervallmodus halten die Scheibenwischer die Frontscheibe nur mühsam frei. Nervendes Konzentrieren auf Rückleuchten.

„Schalt doch endlich auf Dauerbetrieb!", murrt

Thea und drückt sich in den Sitz, streckt die Beine." Männer tun so technisch, und dann kommen sie nicht auf das Naheliegende."

„Schon gut! Hätte ich sowieso gleich gemacht. Aber wir sollten runter . . . bei der nächsten Ausfahrt. "

Sie starrt zur Seitenscheibe hinaus in die Nacht.

„Mir ist alles recht. Hauptsache, du bringst uns bald nach Hause."

Der Regen ist stärker geworden; die Tropfen prasseln auf das Autodach. Timo dreht die Lüftung hoch. Endlich – Heimsheim. Eine blinkende Karawane schiebt sich auf die schmale Behelfsausfahrt zu.

Landstraße, der Regen lässt nicht nach. Ein verschwommenes Ortsschild – die Straßenbeleuchtung nimmt der Regenfahrt das Gespenstische. Timo räkelt sich hinter dem Steuer. „Eine Tankstelle wär' mir jetzt recht."

„Weshalb? Wir sind heute Morgen mit vollem Tank gestartet. Der Sprit müsste reichen." –

„Thea, keinen Sprit – Kaffee! Vor meinen Augen flimmert schon eine Folie aus Regen. Ich brauche einen duftenden, wärmenden Kaffee aus dem Pappbecher. Verstehst du? "

Am Ortsende taucht im Schleier aus Regen und dem Licht seiner Strahler ein Tankpalast mit Shop und Kaffeebar auf. Beim Einbiegen ist bereits erkennbar, dass sich die Lichtorgie auf den Teil mit den Zapfsäulen beschränkt, im Shop nur eine magere Beleuchtung aus zwei

Hängelampen über der Kasse.

„Automatenbetrieb, wenig Kaffee und viel heißes Wasser mit Milchpulver", unkt Thea.

„Probieren wir's trotzdem!" Timo fährt den Polo auf eine freie Fläche.

„So weit weg?", mault sie und drückt sich in die Polsterung. „Wir werden bis zum Shop total durchnässt sein."

Er schaltet Motor und Licht ab, holt aus dem Kofferraum den Schirm, hält ihn über die Beifahrertür. Thea quält sich aus der Wärme, hakt sich fröstelnd ein. Er fühlt und genießt, wie ihr Körper schwingt, in raumgreifenden Schritten auf Pumps unter dem knappen Rock.

Die Tür öffnet automatisch. Neben der Kasse die über ein Kreuzworträtsel gebeugte Gestalt eines pyknischen jungen Mannes um die Dreißig. Der richtet sich auf, blickt ihnen entgegen. „Regen, Regen, nichts als Regen. Haben Sie's noch weit?", empfängt er sie, als habe er mit ihnen gerechnet.

„Vaihingen", brummt Timo und deutet auf den Kaffeeautomaten. „Enz?" – „Stuttgart!", entgegnet Timo. „Und wenn möglich, dazu ein Sandwich, warm."

„Kein Problem! Ein- oder zweimal Milchkaffee? Und das Sandwich mit Schinken und Käse oder Fleischkäse mit Ei?"

Timo sieht Thea fragend an. „Zweimal Milchkaffee bitte", sagt sie und zu Timo: „Lässt du mich abbeißen? Ein ganzes Sandwich ist mir zu viel."

„Dann Schinken und Käse!"

Der junge Mann stellt den Teller mit dem Sandwich in die Mikrowelle, hält Pappbecher unter den Kaffeeautomaten. Thea sieht sich nach einem Platz um. Er folgt ihrem Blick, stellt dann die Becher auf den zur Wand führenden Teil der Theke.

„Ist Ihnen das recht?"

„Ja, von mir aus!", sagt Thea fröstelnd.

Die Mikrowelle klingelt. Der Mann stellt den Teller mit dem Sandwich vor ihm ab. „Machen wir anschließend.", sagt er, als Timo bezahlen will, und beugt sich im Licht der beiden Lampen wieder über das Kreuzworträtsel.

„Hier, Thea!" Timo trennt ein Stück vom Sandwich ab.

Nebeneinander auf Barhockern, sehen sie kauend dem Gebeugten zu.

„Dem fehlt eigentlich nur die weiße Kappe, Timo."

„Ist er nicht ein bisschen zu dick?", feixt der. Thea fegt mit der flachen Hand Brotkrümel vom Tresen.

„Meinetwegen, du hast ja auch keinen Hut auf und mein Kleid ist nicht rot. Aber sonst alles wie auf dem Bild", flüstert sie in die Stille.

„Fantasievogel mit sieben Buchstaben?", murmelt der junge Mann vor sich hin.

„Pho-enix", ruft Thea hinüber. – „Mit Peha?" – „Ja, und hinten mit Ix." – „Geht!", lacht der. „Aha, dann passt dahinter senkrecht ‚Xerxes' für ‚persischer Herrscher im Altertum'."

„Das scheint ja ein Kreuzworträtsel mit geistigen Ansprüchen zu sein", nuschelt Thea. „. . . für Grundschullehrerinnen", nuschelt Timo zurück. Sie sieht ihn einen Moment lang streng an. Dann kommt herausfordernd: „Amerikanischer Maler mit sechs Buchstaben."

Timo lacht auf. „Hopper", sagt er laut in die Stille des Raumes. Der junge Mann sieht erstaunt vom Rätselheft auf.

„Höpfner heiße ich. Hat Sie etwa jemand aus dem Ort hierher geschickt?" - „Nein", antwortet Thea, „wir haben ein eigenes Rätsel gelöst."

*

Im Wohnzimmer hat Timo das Licht gelöscht, steht im Bademantel auf dem Balkon, raucht und schaut über das nächtliche Land. An wolkenfreien Stellen Sterne und unter dem Nachthimmel schimmern Lichtflecken, im Norden die der Großstadt, vor ihm die der Orte auf den Filder-Höhen und am Horizont die Blinkfeuer des Flugplatzes. Der Rauch der Zigarette löst sich in der Nachtluft auf.

Im Schein der Flurbeleuchtung nähert sich Thea. Sie tritt in die Öffnung der Balkontür. Der Wind presst den Satin des Nachthemds gegen ihren Körper. Fröstelnd schließt sie den Ausschnitt.

◆

Willdow

Herbst 2009

Mit Gewissheit ist der Übergang vom Park zum Wald nicht auszumachen. Den Blick zum Waldrand verwehrt hängendes Geäst einzeln stehender Blutbuchen, versetzte Bauminseln auf weitläufigem Wiesengelände, das zum Wald hin ansteigt. Das Gras ist kurz gehalten.

Um das Haus Blumenrabatten und Kiesbelag im Hofbereich, ebenso auf den Wegen. Sie verzweigen in kurvenden Pfaden. Ein System, das den Schlendernden auf einen gepflasterten Platz am Waldrand führt, von vier weißen Bänken umstanden.

Es besteht die Möglichkeit, den Randweg zu nehmen, der das Terrain umfasst. Die Neugierde reizt, auf Trampelpfaden in den Wald vorzudringen. Eine Neugierde, die mich zu Beginn des Aufenthalts in Willdow an die Grenzen des Areals führte. Nach kurzer Waldstrecke stand ich vor einem Zaun - eine Vorsichtsmaßnahme. Er verhindert den Abstieg zum schilfbestandenen Ufer des Willdower Sees.

Die Parkanlage ist ein Freigehege, ausgelegt für ziellos Streifende.

Schloss Willdow, eine Rehabilitationsklinik für seelisch Kranke, liegt auf einer Halbinsel. Erbaut zu Beginn des 19. Jahrhunderts, nach dem Krieg Militärkrankenhaus und heute denkmalgeschützt.

Direkt am Zaun ausgetretene Stellen, Punkte zur Beobachtung der Wasservögel in der Eintönigkeit der Kliniktage – diverse Entenarten, Haubentaucher, ab und zu Schwäne und mit Geduld und optischer Hilfe, die Bewohner des Schilfes.

Vom Frühjahr bis zum Spätherbst wird einmal wöchentlich eine Vogel-Führung angeboten, auch der hier rastenden Zugvögel wegen. Herr Pfeil, ehemaliger Gymnasiallehrer mit Wohnsitz im Nachbardorf und Dr. Zerdan teilen sich die Aufgabe. Der Gymnasiallehrer führt Buch über die angetroffenen Vogelarten und teilt seine Gruppen zu Zähldiensten ein, in der Regel einer Vogelart. Die ist zunächst zu beschreiben, sodann grenzt er Beobachtungszonen ab, und nun beginnt das Zählen – eine halbe Stunde. Danach wird der Standort gewechselt.

Dr. Zerdan ist großzügiger. Ihm geht es um Zusammenhänge. Bau des Vogelkörpers und Anpassung an den Lebensraum, Nahrungsquellen und Habitat, Zugzeiten und Nistgewohnheiten. Der Nervenarzt ist Systematiker. Er schließt von der Beobachtung der Vögel auf ihr Verhalten, besondere Ereignisse inklusive: Greifvögel im Rüttelflug oder im Ansitz auf einer der Weiden, die vom Ufersaum aus mit ihrem Geäst in den Schilfgürtel vordringen. Bald kennt man seine Texte. Das Erscheinen eines Seeadlers oder einer Ringelnatter am Schilfrand sorgt beim Abendessen eher für Gesprächsstoff.

Kein Steg, kein am Pfahl vertäutes Boot! Der Zaun – Bestand aus militärischer Nutzung, zwei Meter hoch und darüber zwei Reihen Stacheldraht - umläuft die gesamte Uferzone der Halbinsel und endet auf beiden Seiten an der Mauer, die das Klinikgelände gegen die Straße abgrenzt.

Heute kein Wachhaus mehr an der Zufahrt, aber ein automatisch öffnendes Rolltor, fernbedient. Kameras unter den Dachvorsprüngen zur Kontrolle der Bewegungen auf dem Gelände.

Die Klinik ist ein sicherer Ort.

Das schmucklos klassizistische Gebäude reizt niemanden anzuhalten. Wer auf der Kreisstraße vorbeifährt, hat die nächste kleine Stadt am See im Sinn. Campingplatz, Yachthafen, wenige Fischer noch, die an Holztischen ihren geräucherten Fang verkaufen. Zwei Hotels und etliche Pensionen. Fast jeder hier bietet in der Saison Gästezimmer oder Ferienwohnungen an.

Miete ein Tretboot und wage dich auf den See hinaus. Spüre im spätsommerlichen Windhauch über dem See die dich umschmeichelnde Ruhe. Schau bei den Fischern vorbei und nimm für das Abendessen Räucheraal mit. Erwarte keine weitere Abwechslung. Ab 22 Uhr erlöschen die Lichter hinter den Fenstern. Eventuell glimmen auf der Feuerstelle des Campingplatzes letzte Buchenholzscheite. Das Bier solltest du dir vorher besorgt haben.

Erlaube, dass ich dich duze! Was ich zu erzählen habe, verträgt nicht den Abstand des Sie. Ich brauche das Gefühl, zu einem zu sprechen – mit einem! – der mich begleitet, dem ich nicht ausschließlich berichte und der mir mit Wohlwollen zuhört. Aufmerksamkeit habe ich erfahren, in Gesprächen mit dem Staatsanwalt, meinem Anwalt und erst recht hier in der Klinik am See. Sie alle versuchten in mir etwas zu finden, was ihrer Argumentation so oder so diente . . .

Über meine antiquierte Ausdrucksweise schüttle bitte nicht den Kopf. Die Wochen in Willdow ziehen in verordnetem Einerlei an mir vorbei. Ein Wachtraum, der mich in eine zurückliegende Epoche mitnimmt. Die Geschichte hat diesen Ort in seiner Bestimmung konserviert. So füge ich mich seiner Atmosphäre und höre im Geist die Stimme meiner Deutschlehrerin.

Die Schönheit der Sprache eines Autors sah sie im würdevollen Ausdruck begründet. Ihrer Auffassung von sprachlicher Ästhetik blieben wir über die drei Jahre der Oberstufe eines Gymnasiums ausgesetzt, gebrauchten den Genitiv und die Konjunktive, wie sie das erwartete. Wir stellten Verblisten her, die sie uns modellartig vorgab, und bemühten uns, in Aufsätzen ihren Anforderungen zu entsprechen.

*

Ich stünde gern dort, wo ich noch vor Monaten stand. Ich ginge gern zurück über eine Brücke, die den Bogen über die Zeit spannt. Ich wäre wieder in meiner Wohnung, würde mir einen Kaffee kochen und auf Lisbeth warten, der ich vorlesen darf, was ich bis dahin geschrieben habe - an einem Sonntag. An anderen Tagen stünde ich am Reißbrett oder säße am Bildschirm im Büro.

Ich bin Architekt, angestellt – bis vor kurzem, das solltest du wissen. Der Umbau eines kirchlichen Gemeindezentrums, die beiden Einfamilienhäuser, die ich in Planung hatte? – Frage nicht! Ich könnte dir nicht antworten.

Und was wollte ich Lisbeth vorlesen? – Wortbilder von unserem Spaziergang am Wochenende. Vom Weg durch aufgelassenes Industriegelände, einem ehemaligen Stahlwerk am Ufer des Flusses, über das vor Jahren die Kostenwoge schwappte, das mit Technologiefortschritt und Investitionen nicht zurechtkam. Ein Gelände im Schnittpunkt von Interessen.

Es ist mir vertraut von Begehungen mit Interessenten: Planer von Einkaufszentren, Investoren, die im großen Stil Eigentumswohnungen am Stadtrand ins Auge fassten, und schließlich einer, der einen Vergnügungspark im Sinn hatte. Die Aufgabe meines Büros: Beurteilung der Bausubstanz, Verwendbarkeit oder Abriss je nach der Bedarfslage eines Interessenten und schließlich die Klärung der Kostenfrage bis zur Bereitstellung des Geländes für eine neue Nutzung. Jeder Interessent versuchte das, was er als Vorleistung verstand, dem Eigentümer aufzubürden. War man an diesem Punkt angelangt, verwies der Vertreter der Eigentümerfamilie auf die Stadtverwaltung, die plane, das Gelände zu übernehmen.

Es bildete sich eine Bürgerinitiative. Die schlug vor, das

Verwaltungsgebäude für kulturelle Zwecke zu nutzen: Medienzentrum der Stadtbücherei, Räume für die städtische Musikschule und für eine Zweigstelle der Volkshochschule, in der ehemaligen Gießerei- und Schmiedehalle ein Forum für Veranstaltungen und Ausstellungen.

Ich wies auf Beispiele an anderen Orten hin. Das ergab sich, nachdem mich eine Einladung der Bürgerinitiative erreicht hatte. Deren Idee fand ich schon vorher überzeugend, und nun erhielt ich die Gelegenheit, das technisch Machbare unter dem Gesichtspunkt der Kostenfrage überschlägig vorzustellen. Ich kannte ja die Daten, die sich in den Unterlagen meines Büros angesammelt hatten. In der Zeitung erschien ein Bericht. Von meiner Büroleitung erhielt ich eine Abmahnung. So zog ich mich aus weiteren Gesprächen zurück, doch die Überlegungen verbreiteten sich in der Stadt. Man zitierte mich.

Das war vor beinahe zwei Jahren. Was dann geschah, könnte man anfänglich als eine Vernetzung von Zufällen sehen. Später meinte ich ein System zu erkennen. Fällst du störend in die Kreise derer ein, die Eigeninteressen so trefflich mit dem Gemeinwohl zu verbinden wissen, werden Juristen aktiv. Man droht dir Konsequenzen an: Arbeitsrechtlich – du hast durch verunsichernde Informationen angeblich geschäftsschädigendes Verhalten gezeigt, und bist daher nicht weiter tragbar. Strafrechtlich - üble Nachrede, Beleidigung, bis hin zur Körperverletzung eines amtlich auftretenden Spinners. Und zivilrechtlich – dessen Schadensersatzforderung. Und du wirst staunen, was man über dich weiß, welche Handlungen und Vorgänge aus deiner Vergangenheit Bilder ergänzen, die Staatsanwalt und Anwälte entwerfen und einem Richter am Tag der Verhandlung vortragen werden.

In einem Gespräch unter vier Augen sagte mir ein Anwalt, den ich anlässlich einer Gartenparty traf: „Herr Grimm, ich bin ein Mietmaul!" – „Und die Moral?", war meine Gegenfrage. Die stecke im Gesetz und das müsse den vorliegenden Umständen nach unter Beachtung der bisherigen Rechtsprechung interpretiert werden. Mandanten, die ich ablehne, weil mir deren Ansprüche fraglich erscheinen, übernimmt ein Kollege, fügte er an. Darauf zitierte der Mann sinngemäß Brecht - zuerst komme das Fressen und dann die Moral – und füllte seinen Teller auf.

Die Folgen einer Reise führten zu dem, was mich hierher nach Willdow gebracht hat und angeblich nur in meinem Kopf existiert. Angeblich! Und nun sehe ich zumindest einen hellen Streifen am Horizont. Ich appelliere an deine Geduld, denn ich komme nicht umhin auszuholen, damit du mir folgen kannst.

Lisbeth, meine Freundin, hat eine Schwäche für kubanische Musik entwickelt. Ihre Leidenschaft für Jazz lieferte Berührungspunkte mit den rhythmisch und melodisch weichen Cuba-Klängen. Ihre musikalische Begeisterung, die einer Musiklehrerin, die auch Saxophon spielt, lebt sie in meiner Wohnung aus. Ich verfüge über Wiedergabemöglichkeiten, die ihren Ansprüchen genügen. Lisbeth hat schon als Teenager die Aufnahmen der Jazz-Legenden gesammelt. Entdeckt sie bei einem Trödler Kartons mit alten LPs, vergisst sie, weshalb sie eigentlich in die Stadt gefahren ist.

Was bedeutet Zimmerlautstärke? Für Lisbeth und mich etwas anderes als für den Nachbarn unter uns, das Spielen einiger Passagen auf dem Saxophon inbegriffen. Er fühlte sich beim abendlichen Fernsehen gestört, der Zeit unserer Jazz-Session am Wochenende. Bisweilen erschien er wutentbrannt vor der Etagentür - nur er, nie seine Nachbarin, eine ältere Dame. Ein Haus mit sieben Eigentumswohnungen, meine unter dem Dach. Die Hausverwaltung verwies ihn an einen Anwalt. Sein Pech: Der zeigte Verständnis für unsere musikalische Wochenendgestaltung und mahnte zur Zurückhaltung. Offenbar hatte er seinem Mandanten vermittelt, dass subjektives Empfinden nicht ausreiche und zur Beweisführung Schallmessungen durchzuführen seien, vorerst auf seine Rechnung.

Danach herrschte Waffenstillstand.

Lisbeth und ich verschwanden für drei Wochen Weihnachtsferien nach Cuba! Ein intensiv gehegter Wunsch von ihr, gefüttert von einer beständig wachsenden Sammlung an Publikationen über die Insel. Ihr Wunsch schien uns mit einem Reiseunternehmen zu verwirklichen zu sein, das dem erstaunten Touristen kubanische Realität nicht auf Halbtagsausflügen per Bus von einer Hotelanlage in Strandnähe aus vorführt. In einer kleinen Gruppe von neun Personen, plus Reiseführerin und Fahrer des Kleinbusses, tauchten wir von Havanna

bis Santiago de Cuba an verschiedenen Orten in den All-
tag auf Cuba ein und nahmen *en passant* die Geschichte
der ehemals spanischen Kolonie mit, sozialistisch über-
formt.

Nach unserer Rückkehr suchte der ob unserer Ab-
wesenheit neugierig gewordene Nachbar Kontakt. Im
Treppenhaus sprach er mich auf meine Gesichtsbräune
an. Ich zeigte ihm meine Reisebilder - des lieben Friedens
wegen. Er lobte den Rotwein und holte eine Packung
Salzgebäck. Der Abend wurde lang. Angesichts von Stra-
ßenszenen in kubanischen Städten schnippte er mit den
Fingern und wies auf Damen, die er attraktiv fand. Ich
übrigens auch. So war es nicht verwunderlich, dass er
mir das Du anbot und sich nach den Kosten einer solchen
Reise erkundigte. Klaus-Dieters Interessen einschätzend
- er ist alleinstehend - riet ich ihm nicht zu einer Grup-
penreise. Man könne auf Cuba Zimmer oder kleine Ferienwohnungen mieten, sogenannte *casas particulares*,
ebenso ein Auto und sei unabhängig.

Ob ich ihm mit meinen Kubakenntnissen eventuell
behilflich sein könne? Zu jener Zeit war es noch ein Problem, an Verzeichnisse solcher *casas particulares* heranzu-
kommen. Ich dachte an Ernesto und sagte zu.

*

Weshalb ich unsere Kuba-Reise erwähne, fragst du? Ich
ahne, worauf du hinauswillst und werde dich mitneh-
men in meine Geschichte.

Kommunalpolitisch bist du dort angekommen, wo

es gegen die in der Leistungsliga geht, in einer Bürgerinitiative an einem Tisch mit stadtbekannten Alt-Linken. Dann fällt irgendeinem ein, dass du bereits als Student Mitglied der *Humanistischen Union* warst. Du hast das mal im Büro oder im Gespräch mit Leuten erwähnt, von denen du annahmst, sie stünden dir gedanklich nahe. Du wägst deine Worte nicht nach einer möglichen Verwendung gegen dich. Weiß Gott, welche losen Sprüche du auch noch über die geordnete Welt der repräsentativen Demokratien abgelassen hast, möglichst vermischt mit ein bisschen Häme gegenüber US-amerikanischer Selbstgefälligkeit und larmoyantem Verständnis für Kleinbauern in Lateinamerika. Und das angereichert mit grün gefärbter Weltverbesserung! Deine Unterschrift ist auf Listen zu finden, die fairen Handel oder bezahlbare Sozialwohnungen fordern und sich gegen Abschiebehaft wenden. Ja, und dann diese Kuba-Reise, von der du mit einer funktionierenden Kontaktadresse zurückkehrst. Mensch, das folgt doch einer Logik!

Worüber wunderst du dich? wirst du mir entgegenhalten.

Ja, ich wundere mich, denn von meinem Zuschnitt gibt es Tausende in der Republik. Und ich brauche mir nicht einzubilden, unter ihnen eine Spitzenposition einzunehmen – ich, ein unbekannter Bauingenieur, eingetragen in die Architektenrolle und an die Weisungen meines Arbeitgebers gebunden. Was war es dann, was mir den Weg in eine sanfte Klapsmühle gebahnt hat?

*

An einem Samstagmorgen gegen zehn läutet es an der Etagentür. Mein erster Gedanke: Klaus-Dieter von unten! Er wird die Kuba-Adressen anmahnen, und ich habe Ernesto noch nicht geschrieben. Spätestens in einer halben Stunde ist Lisbeth da; wir wollen zum Wochenendeinkauf auf den Markt. Eh' schon spät. Und dann das Geplapper dieses Mannes?

Nicht den Nachbarn - eine unbekannte Gestalt mit Hut nehme ich durch die Linse des Türspions wahr, Überzieher über dem Arm, unter dem anderen eine Ledermappe geklemmt. Es wird einer von den Zeugen Jehovas sein. - Nein, die kommen stets zu zweit. Ich öffne einen Spalt breit und frage nach seinem Begehren.

Und schon tritt er auf die Tür zu, hält den Arm mit Überzieher dagegen. „Dissel, im Auftrag der Kanzlei Schirmer und Holz, die Ihnen bekannt sein dürfte! Ich hätte gerne mit Ihnen gesprochen, Herr Grimm!", schiebt sofort nach: „Felix, Architekt, nicht wahr? Kann ich hereinkommen?" Mit diesen Worten drückt er die Tür noch weiter auf und macht Anstalten, die Wohnung zu betreten.

Doch da stehe ich! Keineswegs schwächlich, an Körpergröße und Statur diesem älteren Mann überlegen. Der hält ruckartig inne. „Meinen schriftlichen Auftrag zeige ich Ihnen gerne, aber nicht im Hausflur!"

Auftragsschreiben hin, bekannte Kanzlei her – das ist eine Verletzung der Privatsphäre, erkläre ich knapp und versuche mit Schwung die Tür zu schließen. Der Kerl hat aber bereits einen Fuß in die Öffnung gestellt. Er schreit auf und jammert, was ich tue, sei Körperverletzung eines Beauftragten der genannten Kanzlei und das hätte Folgen für mich.

Nun packt mich vollends die Wut. Ich reiße die Tür auf und stoße ihn mit der flachen Hand vor die Brust. Er taumelt und kippt mit der Schulter gegen die Aufzugstür. Ich knalle die Tür zu. Sekunden später läutet es. Ich reiße sie erneut auf in der Annahme, dieser aufdringliche Mensch lasse nicht locker. Der stürmt aber bereits die Treppe hinab. Es läutet abermals. Das kann nur Lisbeth sein! Ich drücke den Türöffner und erwarte den Aufzug.

„Warst du noch im Bad und bist erst beim zweiten Läuten zur Tür gestürzt? Kann nicht sein", gibt sie sich selbst die Antwort. „Du stehst vollständig gekleidet vor mir." Doch dann wird sie ernst, nimmt mich in den Arm. „Erst mal guten Morgen, Felix! Was ist los mit dir? Du wirkst verwirrt." - „Komm rein!", sage ich.

Noch im Korridor, während sie aus der Jacke schlüpft, lege ich los. Ach der! Vor der Haustür habe sie einer angerempelt, der es ausgesprochen eilig hatte, ein Zweiter gleich hinter ihm. Der habe die Tür zugezogen, deshalb musste sie nochmals läuten.

„So, ein Zweiter?", frage ich überrascht.

„Von einer Anwaltskanzlei, Felix? Das kann doch nur ein Trick sein. Die lädt dich schriftlich zu einem Gespräch ein, nennt den Grund und schickt keinen Mitarbeiter an deine Wohnungstür. Auch wenn das ein Trick gewesen sein sollte, etwas über dich zu erfahren, befragt

man besser V-Leute in deiner Bürgerinitiative. Eher an-
zunehmen, dass einer deine Wohnung auszuspionieren
versuchte. Der andere trug übrigens eine Sporttasche
über der Schulter . . . Felix, lass' jetzt endlich mal ein
zweites Schloss einbauen! Dein dekorativer Kirchner-
Holzschnitt im Hausflur zieht solches Gelichter an."

„Dieser Holzschnitt, Lisbeth? Ein Nachdruck - un-
signiert, mir von Mama überlassen."

„Wer solch ein Werk in den Hausflur hängt, hat
auch andere. Da gibt es international operierende Gangs,
die weltweit ihre Sammler-Klientel bedienen – in Russ-
land zum Beispiel."

Das seien doch Fantasien, allenfalls für eine TV-
Krimi tauglich, wende ich ein, obwohl ich mir nicht so
sicher bin, wie ich im Moment tue.

„Felix, verharmlose nicht! Du gehst sofort los und
kaufst eine Sicherheitskette. Das mit dem Schloss dauert
zu lange!", entgegnet Lisbeth und gießt sich einen Rest
vom Frühstückskaffee ein. „Ich bleibe hier, und sollte
sich der Mensch von eben oder sein Kompagnon nochmals vor deine Tür wagen, rufe ich die Polizei."

Lisbeth ist mutig, das weiß ich.

Aber heute auf frisches Bauernbrot vom Markt ver-
zichten? Ich konnte sie überzeugen, dass eine solche
Kette nichts nützt, wenn man außer Haus ist.

*

Den Vorfall konnte ich zur Seite schieben, jedoch nicht
das Gefühl, beobachtet zu werden. Im Supermarkt fiel
mir nun wiederholt ein Mann auf. Kam ich in seine Nähe,

durchmusterte er stets bedächtig das Käseangebot im Kühlregal. Es bleibt nicht aus, dass ich hier ab und zu Bekannte treffe, in der Regel Personen, die ich aus der Bürgerinitiative kenne. Darunter eine Frau aus Lima, mit einem Deutschen verheiratet, heute Eventmanager in der Musikszene, den man vor Jahren nicht in den Schuldienst übernommen hat, seiner zu linken Vergangenheit wegen.

Am Kiosk, meiner Wohnung schräg gegenüber, bin ich sozusagen Stammkunde. Der Pächter kennt meine Themen - und ich seine Einstellung. „Hören Sie", sagte ich vor ein paar Tagen zu ihm, „die Amerikaner werden mit einer Befestigung der Grenze zu Mexiko auf Dauer die Zuwanderung von Latinos nicht verhindern können. Wer vor der Hoffnungslosigkeit im eigenen Land flieht, findet früher oder später einen Weg."

Ich wunderte mich, dass er mir nicht wie sonst, widersprach. Stattdessen sah er unsicher über mich hinweg. „Wen oder was haben Sie im Blick?", fragte ich erstaunt und wandte mich um. Außer Fußgängern und drei Halbwüchsigen, die zwanzig Meter weiter mit dem Öffnen von Bierflaschen beschäftigt waren, niemand zu sehen.

„Ach, nichts Spezielles im Moment", beeilte er sich. Dann beugte er sich aus dem Fenster vor, winkte mich zu sich heran und flüsterte heiser: „Ich beobachte seit Tagen einen Mann vor Ihrem Haus. Nach siebzehn Uhr wartet der auf einen grauen Ford, manchmal eine halbe Stunde lang. Währenddessen mustert er meine Kunden. Haben Sie ihn noch nicht bemerkt? Sie kommen doch in der Regel um diese Zeit bei mir vorbei."

Alles zusammen betrachtet, wahnhafte Vorstellungen meinerseits? Auf jeden Fall ließ ich das zusätzliche Schloss einbauen.

Wochen später erreichte mich ein Schreiben der Staatsanwaltschaft. Gegen mich liefe eine Ermittlung wegen Körperverletzung, Vorfall vom . . . Tatzeugen Privatdetektiv D und Partner T. Zur Anhörung durch Staatsanwalt L lädt man mich am . . . vor, Anmeldung Zimmer 5. Bis zu einem Bescheid über Klageerhebung möge ich Aufenthalte außerhalb des Wohnortes von mehr als 48 Stunden anmelden. Die Kontaktaufnahme zu den Zeugen sei zu unterlassen. Es stünde mir frei, einen Anwalt zu wählen, der mich zur Anhörung begleitet.

Zur Wahrnehmung des Termins brauchte ich einen halben Tag Urlaub. Zu dieser Zeit arbeitete ich im Büro an einem Wettbewerb. Das Projekt vertrug eigentlich keine Zeitausfälle. So sah ich mich veranlasst, dem Büroleiter die Vorladung zu zeigen. Der zog die Augenbrauen hoch. Sein Kommentar: Da wollen wir doch erst mal sehen, was aus der Sache wird.

Was meinte er mit „erst mal"?

Lisbeth sagte gleich: „Da komme ich mit!" Der Anwalt, Dr. Rees, der mich begleitete, schlug vor, sie als Zeugin zu hören. Sie war aber nicht gefragt und wartete auf dem Flur. Die Aussage der Partnerin von Herrn Grimm könne er gegebenenfalls vor Gericht beantragen, stellte der Staatsanwalt fest.

Die Einvernahme verlief für mich ohne erkennbare

Besonderheit. Ich beantwortete Fragen nach Handlungs-abläufen, räumlichen Distanzen und Zeitintervallen an jenem Samstagmorgen. Auf meine Frage nach der Rechtsgrundlage für einen solch aufdringlichen Besuch, erhielt ich zur Antwort: Das Motiv von D habe bei meiner Einvernahme keine Relevanz, lediglich sein physisches Auftreten und mein Reagieren. Wohl aus Verständnis für meine Situation merkte der Staatsanwalt an, da die von D genannte Kanzlei nicht existiere, läge zwar eine Täu-schungsabsicht vor, für die er sich jedoch in einem sepa-raten Verfahren verantworten müsse.

„Hm, hm", brummte mein Anwalt hinterher. Das Einschalten von privaten Ermittlern begünstige unter Umständen – wie es in meinem Fall zu sein scheine - Ver-schleierung der Motive ihrer Auftraggeber. Vorstellbar, dass ein Schutzanspruch vorliege, der zu Unschärfen in der Bewertung einer Observation führe.

„Kann ein privater Ermittler in jedem Fall einschät-zen, welchen Interessen seines Mandanten er dient?", er-kundigte ich mich.

Sobald er dessen strafrechtlich relevante Motive be-gründet erkenne, erklärte Doktor Ress, müsse er freilich handeln und den Auftrag ablehnen, wenn nicht sogar zur Anzeige bringen. Süffisant merkte er an: „Auf jeden Fall hat sich D mit seiner Anzeige wegen Körperverletzung in eine schiefe Lage gebracht." Ich solle mich vorab schon mal auf eine zivilrechtliche Klage von D einstellen. Der habe unmittelbar danach – an einem Samstag! – einen Arzt aufgesucht: Prellung an der rechten Schulter, Schwellung des rechten Fußes. „Herr Grimm, und wenn es lediglich um ein geringes Schmerzensgeld und die Behandlungskosten geht, so einer lässt nicht locker. Das ist er seiner Selbstachtung schuldig."

Solch geringfügige Verletzungen könne sich auch zuziehen, wer über seine eigenen Füße stolpere und ungeschickt gegen die Eichenschrankwand im Wohnzimmer pralle, bemerkte ich sarkastisch.

Doktor Rees blickte zur Decke des Flures im Justizgebäude. „Herr Grimm, geht es im Hintergrund nicht um etwas anderes? Wer hat Sie im Visier? Weiß der Himmel, welcher Wichtigtuer Ihre Kubakontakte für eine konspirative Angelegenheit hält."

Er lenkte Lisbeth und mich zu einer Bank.

„Sehen Sie, Herr Grimm, D fehlte ein Mosaiksteinchen: Wer ist Ihr kubanischer Freund? Über den wollte er Sie wahrscheinlich ausquetschen. Dessen Existenz ist das, was Leute im Hintergrund interessiert. Sie darf man, mit Verlaub gesagt, für einen harmlosen Linksorientierten halten, der Kontakt zu einem Kubaner hält. Aber der Ballon lässt sich aufblasen. . . .Wen haben Sie mit Ihrem Einsatz für die Bürgerinitiative so sehr in seinen Plänen gestört, dass er Sie – sagen wir vorsichtig – aus dem Spiel genommen wissen möchte? Schließlich verfügen Sie über Detailkenntnisse hinsichtlich des Projekts *Altes Stahlwerk*, an dem sich die Geister in unserer Stadt scheiden."

„Woher weiß man überhaupt von meinen Kubakontakten? Wird etwa mein PC angezapft?"

„Das bedürfte eines richterlichen Beschlusses, und

den erhält eine ermittelnde Behörde nur, wenn eine strafbare Handlung von erheblichem Gewicht vorliegt oder begründet zu erwarten ist. In Ihrem Fall ein Witz! . . . Es wird Sie jemand angeschwärzt haben, vielleicht einer, der mit D Skat spielt. Der beschreibt Sie – verzeihen Sie mir das! – als widerlichen Zeitgenossen oder abgehobenen Spinner, auf jeden Fall als einen, der obskure Beziehungen zu Kuba pflegt. Damit hat der Zufall D eine Chance zugespielt, der nun glaubte, seinem Auftraggeber eventuell gegen Sie verwertbares Material liefern zu können. In welche ominösen Kreise haben Sie sich denn versehentlich auf der Zuckerinsel eingeklinkt?"

Ich hatte Ernestos E-Mail-Anschrift im Taschenkalender notiert und zeigte sie ihm. Doktor Rees zog Luft ein. „Ein Ministerium . . .? Unter diesen Umständen brauchen Sie sich nicht zu wundern. Haben Sie im Bekanntenkreis darüber gesprochen?" – Ich erwähnte meinen Nachbarn Klaus-Dieter.

Wie es denn nun weitergehe, fragte ich.

Zunächst müsse die aktenrelevante Aussage des Zeugen T vorliegen. Erst dann könne der Staatsanwalt über Klageeinreichung oder Einstellung des Verfahrens entscheiden. „Rechnen Sie mal mit acht Wochen im Minimum."

„Und meine Reisefreiheit?"

Die Beschränkung sei nur aus der Überschätzung der Situation zu verstehen. Also falsch! Hierzu werde er dem Staatsanwalt einen Schriftsatz vorlegen. Erfolge keine Rücknahme, bliebe der Weg einer einstweiligen

Verfügung. „Herr Grimm, dann bekommt ein Richter die Sache in die Hand! Und das wirkt beschleunigend."

Bewusste Fahrlässigkeit oder bedingter Vorsatz meinerseits? Die Rechtsschutzversicherung wolle vor einer Entscheidung der Kostenübernahme die Aktenlage prüfen.

Das versprochene Verzeichnis der *casas particulares*? Ich habe immer noch nicht bei Ernesto nachgefragt. Klaus-Dieter beschäftigt zwischenzeitlich ein anderes Problem: „Felix, ich habe gehört, in Kuba sei AIDS ziemlich verbreitet. Lass' mal die Sache auf sich beruhen! An der Anatolischen Küste ist es um Weihnachten herum auch mild." „Hast du dich mit deinen Skatbrüdern jetzt auf diesen Trip verständigt?", fragte ich beiläufig. „Wie kommst du darauf?", reagierte er erstaunt. „Du, ich werde tatsächlich nicht alleine reisen! Bei miesem Wetter ist Skat keine schlechte Sache."

Seitdem steht er nicht mehr überraschend vor meiner Tür.

Der Staatsanwalt stellte tatsächlich das Verfahren ein: geringe Schuld! Der Zeuge D habe die Reaktion eines auf diese Weise Überraschten vorauszusehen und sich rechtzeitig zurückzuziehen gehabt oder sich sofort erklären müssen.

Zivilklage von D gegen mich. Das Urteil: Erstattung der Arztkosten und ein Schmerzensgeld von dreihundert Euro. „Körperverletzung bleibt Körperverletzung, wenn kein Anlass zur Notwehr besteht", hat die Richterin im Hinblick auf ihre schriftliche Urteilsbegründung gesagt. Ein lautes Wort meinerseits, der Griff zum Telefon, um die Polizei zu verständigen und letztendlich die Verweigerung jeglicher Aussage unter Hinweis auf eine Anzeige wegen Hausfriedensbruchs hätte mich vor schuldhaftem Handeln bewahrt. Ich hätte vorschnell und überzogen reagiert. Das unrechtmäßige Vorgehen des Klägers D schlösse jedoch den Grundsatz der Genugtuung bei der Bemessung der Höhe eines Schmerzensgeldes aus. Es gehe lediglich um einen geldwerten Ausgleich seiner Verletzung an der Schulter, die ihm die Ausübung seines Sportes, des Tennisspiels, für die Dauer eines Monats verwehrt habe.

*

Du wirst mir zustimmen: Der mysteriöse Auftrag eines Privatdetektivs und seine vom Gericht als glaubhaft hingenommene sportliche Betätigung kostet mich also knapp fünfhundert Euro plus Anwaltskosten, noch ohne Berücksichtigung der Gerichtskosten. - Brutto, ehrlich gesagt, denn die Rechtsschutzversicherung übernahm dann doch die Prozess- und Anwaltskosten aus dem Zivilverfahren. Der Zorn über die nicht hinterfragten Gründe von D blieb mir allerdings brutto.

Am härtesten traf mich die fristlose Kündigung meines Arbeitgebers. Mein unbedachtes Handeln, das auf nicht ausreichende Selbstkontrolle schließen lasse, habe Fehltage zur Folge gehabt. So sei der Abgabetermin einer Wettbewerbsarbeit nicht einzuhalten gewesen - für das Büro ein Projekt von erheblicher wirtschaftlicher Bedeutung. Und mich habe man mit einer führenden Rolle in der Projektgruppe betraut, auch im guten Glauben an meine Zuverlässigkeit. Eine Abfindung in Höhe meiner Gehaltsansprüche bis zum Termin einer ordentlichen Kündigung billige man mir in Anerkennung meiner Leistungen in den zurückliegenden zwölf Jahren zu, auch im Hinblick auf eine baldmögliche Wiedereingliederung eines fähigen Architekten in das Arbeitsleben. Zur Übergabe meines Arbeitsplatzes räumte man mir drei Tage ein. Das längere Verweilen eines fristlos gekündigten Mitarbeiters stelle eine Belastung der Arbeitsatmosphäre dar.

Mir schwirrte der Kopf! Sollte ich vors Arbeitsgericht?

Ich dachte daran, was mich Doktor Rees gefragt hatte. Meinen Arbeitgeber hielt ich für das letzte Glied in der Kette verknüpfter Interessen, gegen die ich mich in naiver Weise mit meinen Darlegungen vor der Bürgerinitiative eingelassen hatte. Ob am Ende auf dem Gelände des stillgelegten Stahlkochers einer im großen Stil Eigentumswohnungen erstellt oder gar ein Freizeitpark entsteht, stets sind Renditeerwartungen kapitalkräftiger Interessenten zu realisieren. Da habe ich gestört! Sozusagen Aufwind in die Bemühungen der Bürgerinitiative um eine gemeinnützige Verwendung des Geländes gebracht. Das verlängert die Projektplanung, denn am Ende wird wohl wieder der den Zuschlag erhalten, der eigenes und öffentliches Interesse geschickt zu verbinden weiß.

Meine Prognose: Eigentumswohnungen plus abgespecktem Kulturzentrum in der Gießerei, denn deren Abriss und die totale Sanierung des Untergrunds wäre zweifellos ein teures Unterfangen.

So war ich nun arbeitslos, doch die Wende kam überraschend.

„Hast du ein Problem, gibt es meistens auch eine Lösung. Man muss nur auf die passende Idee kommen… und die kam mir vor Tagen. Ich habe nach gutem Brauch dreimal darüber geschlafen. Felix, ich werde dich anheuern!" Mit diesem Vorschlag überraschte mich Lisbeth einige Tage später.

„Wie? Soll ich künftig dein Zimmer aufräumen, dir das Bett machen und nach der Schule mit einem schmackhaften Mittagessen aufwarten? Du hättest einem Unzuverlässigen deinen Wohnungsschlüssel zu überantworten."

„Richtig! Und um das auszuschließen, schlage ich vor: Felix, wir heiraten!"

Ich wusste nicht, wie mir geschah! Lisbeth war schon mal verheiratet. Und wenn es ein Thema gab, das ich nicht anrühren durfte, dann waren das ihre Ehe-Erfahrungen. Gelegentlich habe ich mich in acht Jahren getrennter Gemeinsamkeit verplappert und warf schon mal die Vorteile einer gemeinsamen Steuererklärung ein. Das war's dann auch zum Thema. Selbständigkeit, Rückzug und dennoch verlässliches Aufeinanderzugehen gehörten bis zu dieser Stunde für mich zu Lisbeth und mir.

Und nun?

„Felix, deine Wohnung ist groß genug für zwei. Drei werden wir nicht mehr. Da sei in den wenigen Jahren bis zum Klimakterium die Pille vor! Über eine Katze ließe ich allerdings mit mir reden."

Aber dann hatte sie doch eine Bedingung.

In der Verfassung, in der ich mich augenblicklich befände, könne sie nicht mit mir zum Standesamt. Dachte sie an die Finanzen? Ich bin ja nun arbeitslos. Nicht die Spur, meinte sie. Fände ich im nächsten halben Jahr keine Anstellung, könne ich mich selbständig machen.

„Die Voraussetzung dazu bringst du als Architekt allemal mit, Felix. Was du an Equipment brauchst, hast du entweder oder wir schaffen es an - ich, mit einem zuteilungsreifen Bausparvertrag, als stille Teilhaberin deiner Ich-AG. Und dann erzähle ich im Lehrerzimmer betont beiläufig, dass ich ein verkanntes Genie geheiratet habe. Ich weiß doch: Erika will auf dem Grundstück neben den Eltern bauen und sucht dazu den passenden Mann. Ich werde ihr sagen: Erst das Haus und dann der Mann! So sind deine Chancen größer, vorausgesetzt dein Haus ist variabel – innen wie außen. Felix kann das. Oder Pit und Elvira. Denen ist nach dem Auszug ihrer vier Kinder das Haus zu groß. Du wirst es zerlegen! ... Was rechnet man Pi mal Daumen für ein Einfamilienhaus?" – „Sagen wir mal, so rund zweihunderttausend im Schnitt, ohne allzu große Ansprüche, auch ohne Grundstück." – „Und was bekommt der Architekt?" – „Im Minimum sieben Prozent der Bausumme." – „Macht vierzehntausend

Euro, bei zwei Häusern pro Jahr achtundzwanzigtausend, Felix. - Natürlich vor Steuern und ohne Nebenkosten! - Das wäre dann dein finanzieller Beitrag zur Ehe-GmbH. Das gemeinsame Leben sollte doch bei meiner Gehaltsklasse und deinen Nebenverdiensten zu finanzieren sein - ohne Verzicht auf eine weitere Kuba-Reise!"

Nein, die Finanzen seien nicht das Problem, eher das Verhältnis meiner Seele zum Körper. Das könne sie aus mancherlei Erfahrung mit mir einschätzen, und in die jetzige Lage hätte ich mich selbst gesteuert. „Die Richterin hat das in ihrer mündlichen Urteilsbegründung angesprochen. Aber ich wage keine Laienanalyse. Lehrer, die sich als Psychologen aufspielen, sind mir verdächtig. Felix, hier sollte jemand ans Werk, der die Schutthalde deiner Wünsche, Verzichte und Ängste zu sortieren versteht. Danach trete ich mit dir vor den Standesbeamten, von mir aus auch vor eine Beamtin."

*

Umgeben vom Rat wohlmeinender Menschen, mein Ansinnen nach Vorlage eines ärztlichen Gutachtens von der Krankenversicherung anerkannt, bin ich vor Wochen aufgebrochen zum Willdower See, die Seele mit dem Körper zu versöhnen. Ich trainiere jeden zweiten Tag eine Stunde im Geräteraum, lasse mich mit Schlammpackungen und Lichttherapien verwöhnen und habe zweimal wöchentlich ein Date bei Doktor Zerdan. Vertraulich! Zwischendurch Spaziergänge, Tätigkeit in der Tonwerkstatt – Zeit nachzudenken.

Über meine fordernde Mutter, die ihren Einzigen mit Ängsten bedrängte und die ironische Distanz meines Vaters. Ihm erschien ich zu weit entfernt von dem, was einen Mann ausmacht: Selbstdisziplin, Risikobereitschaft und Durchhaltewillen, all das zielbestimmt. Der ehemalige Oberleutnant der Wehrmacht hatte sich 1955 sofort zur Bundeswehr gemeldet, bildete Rekruten aus und erreichte dank seiner Anpassungsfähigkeit an das etwas andersartige militärische Umfeld den Rang eines Majors. Kurz nach seiner Pensionierung verunglückte er 1982 mit dem Motorrad tödlich. Ich hatte im Jahr zuvor mit dem Studium in Darmstadt begonnen und erhielt nun eine Ausbildungsbeihilfe, lebte bei der Mutter im nahen Bensheim und konnte nach zehn Semestern das Examen ablegen, ohne mir Gedanken über die Finanzierung meines Studiums gemacht zu haben.

So wäre das Leben auch geblieben, mit einem Job zwischen Mannheim und Frankfurt – vorerst, wie ich mir sagte. Es kam anders: Ein englischer Oberst, lange Jahre in Deutschland stationiert, nun pensioniert und Witwer, wollte meinen Vater treffen. Man kannte sich aus gemeinsamen Manöverzeiten, von Stabsübungen und was weiß ich woher. Im Jahr darauf folgte meine Mutter ihm nach Bristol. Dreißig geworden, begann für mich die Selbständigkeit.

*

Die Blutbuchen im herbstlich verdünnten, orangeroten Blattkleid gewähren nun Durchblicke, ein Kontrast zum

Grün der Kiefern des umfassenden Waldes. Das Parkgelände hat an Tiefe gewonnen. Eine Tiefe, die sich im Nebel der Jahreszeit verliert. Gegen die Mittagszeit gelingt es der Sonne zuweilen, den Nebel aufzulösen – Novembertage!

Zuweilen, sagte ich. Du solltest darauf nicht wetten, nicht im Norddeutschen Tiefland. Mindestens genauso oft taucht das Parkgelände in einen Schleier von Dunst und Nieselregen. Umhüllt von melancholischem Selbstmitleid streifst du über Wege und Pfade, verteilst deine Zeit in feuchter Luft.

Ich habe mir ein gebrauchtes Fahrrad zugelegt und werde es am Tag der Abreise der Therapie-Abteilung zur Verfügung stellen. Bis dahin füttere ich in Freistunden die Enten am Seeufer mit den Resten der Frühstücksbrötchen.

Glaub mir, nicht mehr lange! Lisbeth erwartet mich.

♦

Ambivalent

Oktober 2012

Es sei an der Zeit, dass wir einladen, überraschte mich Lisbeth am Sonntag beim Frühstück. „Erst warst du in Willdow abgetaucht, wir haben vor zwei Jahren geheiratet. Du wirst zur gleichen Zeit freier Architekt, für einige plötzlich. Wir haben deine und meine Wohnung verkauft und dieses Häuschen zum Ausbau erworben. Und wir sind im Frühjahr zum zweiten Mal in Kuba gewesen.–Es ist wirklich Zeit! Wir laden alle auf einmal ein. Das meinst du doch auch?"

„So lass' sie halt kommen!" reagierte ich verhalten. Nur eines war mir sofort klar: Das Fliesen von Eingangsbereich und Gäste-WC ist jetzt meine Sache! Die Methode erinnerte mich an Mutter – derselbe Ton, der verdeckte Anspruch, die gleiche Dringlichkeit, und ich wieder einmal der Zögernde! Am liebsten würde ich jetzt nach Willdow verschwinden. *Willdow, umschlossen von See und Mauer, eine Insel im Durcheinander Ihrer Beziehung zu den Anforderungen des Alltags*, wie Dr. Zerdan sein Refugium beschrieb.

Während ich lustlos Platte um Platte in zartem Grau auf Kleber reihe, wechseln die vor meinem inneren

Auge die Gestalt, werden mal weiße Achtecke, mal kleine blaue Rauten. Ich weiche dem Moment aus,- auch das hätte er gesagt.

Fliesen habe ich bisher kaum Beachtung geschenkt. Zu heikel, weil Geschmacksache! Sich als Architekt mit ästhetischen Ansichten vorwagen? Das kann sich nur einer erlauben, dessen Auftragsvolumen über ein Jahr hinaus gesichert ist, und ich bin noch lange nicht soweit. Seit unseren Kuba-Reisen bin ich bezüglich Fliesen aufmerksamer und mutiger geworden. Keramik, wo man auf Gebäude aus kolonialer Vergangenheit stößt – oft recht bunt, aber harmonisch in Farben und Mustern abgestimmt. Das Erbe Spaniens, von der reichen Oberschicht bis in die Neuzeit zelebriert, Verwendung von Marmor inklusive. Ob in Havannas soeben restaurierter Altstadt, oder im weißen Cienfuegos und selbst im vernachlässigten Santiago de Cuba, man trifft auf Reste vorrevolutionären Wohlstands – dem Mut und Geschmack damaliger Bauherren. Die Gegenwart baut trist – Beton, nicht einmal glattgestrichen. Doch die Handwerker scheint es noch zu geben, die Fliesen- und Stuckarbeiten beherrschen. Das zeigen die mit UNESCO-Mitteln restaurierten Bauten.

Im Städtchen Trinidad, im Zentrum Weltkulturerbe - man könnte auch sagen: Theaterkulisse für Touristen -, haben wir uns das Haus eines Zuckerbarons angesehen, und waren beeindruckt. Eher ein Palast, heute Museum und restauriert!

Die Ausstattung: feine Arbeiten in edlem Holz, Orientteppiche über Fliesen, plüschige Sessel, Sofas und Kristalllüster in hohen Räumen. Erst in der Küche - es war um die Mittagszeit - achtete ich auf den Bodenbelag: Fliesen, weiße Achtecke mit eingelegten blauen Rauten. Unter der Fensterzeile schmale Arbeitsflächen, diesen gegenüber gemauerte, mit Holz befeuerte Herde unter niedrigem Gewölbe als Abzug - und alles umbaut, unterbaut und gefliest, gekachelt.

Wie mag es hier zugegangen sein in Vorbereitung eines Sechs-Gänge-Menüs für die feine Gesellschaft im stilvollen Speisezimmer mit Porzellan aus Sachsen und Kristall aus Böhmen? Ich schaute mich in der Küche um, und die Fantasie führte mich hundert Jahre zurück.

Massive Kreolinnen in weißen Schürzen rühren in Schüsseln, kneten Teige. Braten schmort in Kasserollen, Suppen köcheln. In der Küche verbreitet sich ein unwiderstehlicher Duft nach Mittagessen. Emsiges Treiben in vorgegebenen Arbeitsschritten und angetrieben von einem aus Europa importierten Koch. Der schmeckt ab, gibt Anweisungen, flucht. Eventuell schlägt er sogar mit gewundenem Handtuch nach seinem kreolischen Küchenpersonal. Am Braten ist ihm die Kruste zu dunkel; die Suppe kühlt aus, die Glut darunter ist mit dem Blasebalg zu entfachen. Ein stummes Kopfnicken ist größtes Lob.

Mit gleichgültig-stumpfem Blick bringen Schwarze Brennholz oder Holzkohle für Herd und Rost herbei, legen nach, schüren Öfen. Sie dürfen froh sein, hier zu arbeiten und nicht unter sengender Sonne auf den Feldern. Ihre Frauen kriechen über den Boden und wischen unablässig die hellen Kacheln mit den blauen Rauten. Sie schleppen Kessel mit heißem

Wasser und waschen nebenan in Holztrögen gebrauchtes Geschirr, scheuern kupferne Pfannen und Töpfe. Auch bei Hochbetrieb hat alles zur Minute blitzsauber auszusehen. Es könnte sein, dass der stolze Hausherr unangekündigt seine Gäste auf dem umlaufenden Balkon des Innenhofs an der Küche vorüberführt: ihm gleichgestellte Nachbarn, Beamte der Provinzregierung, Besucher aus den Staaten und Europa – selbstverständlich Weiße. Unter ihnen zwei junge Wissenschaftler auf den Spuren Alexander von Humboldts. Biologen, die die Pflanzenwelt der Insel kartieren - dort, wo die endlosen Zuckerplantagen davon etwas übriggelassen haben, auch in den küstennahen Sümpfen.

Man ist stolz auf den endemischen Pflanzenbestand der Insel, wenn er nicht stört, und auf Besucher, wie die beiden Wissenschaftler, die Kuba in Publikationen bekannt machen.

Am Morgen vor dem Frühstück hat man sie in weiße Bademäntel gesteckt, ihnen die im Gelände verschmutzten Klamotten abgenommen, gewaschen und penibel gebügelt - natürlich von dunkelhäutigen Frauen - wieder vorgelegt. Währenddessen ruhen die jungen Männer aus Europa im Schatten der Markisen, neben sich Schalen mit Früchten und versorgt mit Mojito. Abseits des Treibens vervollständigen sie bis zum Erscheinen der Gäste ihre Aufzeichnungen.

Die Gäste treffen gegen Mittag nach der Sonntagsmesse ein. Alles glänzt, und sie, die jungen Männer - in frischem Khaki zwischen Festtagsroben - werden nach ihrer wissenschaftlichen Arbeit befragt, die verspäteten Kollegen Alexander von Humboldts. - Abwechslung in der Eintönigkeit des Herrenlebens in einem abgelegenen Winkel der Insel.

Nach der Museumsführung hatten wir einen programmfreien Nachmittag und Abend. Lisbeth und ich durchstreiften die Kleinstadt auch außerhalb ihrer herausgeputzten Kernzone, beobachteten Alltagsleben in ungepflasterten Gassen und in den mit Bananenblättern, Wellblech und Kunststofffolien gedeckten Häuschen. Fenster und Türen stehen offen. Glasfenster sind in einfachen Wohnbauten nicht üblich, dagegen Holzläden und Gitter – *Reja* genannt und oft kunstvoll geschmiedet.

Den Abend verbrachten wir im schmuck restaurierten Musikhaus im Zentrum bei Salsa und rumhaltigen Cocktails – wir, die Gäste aus Europa, die das sozialistische Cuba im Reichtum seiner Traditionen in allen Farbtönen der ethnisch gemischten Gesellschaft kennenlernen sollten.

Am nächsten Morgen, nach dem eilig absolvierten Stadtrundgang, nun zum Bahnhofsgebäude in der Vorstadt, vom Zerfall gezeichnet und seit Ausbleiben der Kundschaft aus dem *Comecon* nicht mehr Umschlagplatz für Zuckerrohr. Der in Aussicht gestellte Oldtimer-Zug erwartete uns unter Dampf. Ein Glücksfall bei der maroden Technik! - Ich umstrich die Lokomotive wie als Kind, kam mit dem Lokführer ins Gespräch – erfolgreich trotz meines mangelhaften Spanischs und durfte auf den Führerstand der achtzig Jahre alten Maschine unter Dampf.

Esmeralda, unsere Reiseleiterin, wedelte mit einem Bündel Tickets. „Rasch, steigt ein! Es geht zum Valle de los Ingenios!"

In diesem Moment war ich bereits auf der Lokomotive beschäftigt. Der Chef über Dampfregler und diverse Handräder wies mich in die Bedienung der Signalpfeife ein. Ein beherztes Ziehen am Lederriemen über mir, ein greller Pfiff – die Fahrt begann im Zuckeltempo.

Vor dem Siedlungsflecken Manaca-Iznaga hielt der Zug mit den luftigen Personenwaggons vierter Klasse ohne verglaste Fenster. Was sogleich auffiel, war ein Turm, schätzungsweise dreißig Meter hoch und zu keiner Kirche gehörend, dennoch vor ihm, über Holzbohlen abgesetzt, eine große Glocke. Im Talwind flatterte auf dem Platz davor weiße Wäsche an aufgespannten Leinen. Kein Waschtag, sondern angebotene Ware - Handarbeiten: bestickte Blusen und Hemden, Umhängetücher und Tischdecken in Häkelspitzentechnik, zweihundert und mehr Dollar für ein großes Stück. - Schlendern durch die gehäkelte und bestickte Idylle und dann hinauf auf den Turm!

Oben angekommen, wurde Esmeralda deutlich: Zur Überwachung der Sklaven auf den Zuckerrohrplantagen hatte man ihn errichtet! – Heute nur noch vereinzelte grüne Inseln in der staubgelben Landschaft, wo einmal Zuckerrohr auf etwa 250 km^2 im weiten Talrund stand. Ein sich kilometerweit verzweigend ausdehnendes Schienennetz, vormals zum Transport der von Sklaven mit Macheten abgeschlagenen Ernte angelegt, dient heute in seiner rostenden Landschaftsgrafik als Fotomotiv .

Wir fragten nach der abgehängten Glocke unter dem Turm.

Sie läutete Beginn und Ende der Arbeit ein und rief gegebenenfalls die berittenen Wächter herbei, um Sklaven zu verfolgen, die zu flüchten versuchten, erklärte Esmeralda nüchtern. Selber dunkelhäutig, war ihr die Trauer trotzdem anzumerken.

Während der ersten Reise haben wir uns vor Zuckerrohr fotografiert. Diese Grasart – man glaubt es kaum - wird drei bis vier Meter hoch, steht dicht und bot flüchtenden Sklaven Deckung.

„Bedrückend ambivalent, wenn ich mir vorstelle, dass an meinem Platz Wächter mit Ferngläsern standen, vermutlich selbst schwarz!", flüsterte Lisbeth über das Geländer. Esmeralda, die neben ihr stand, nahm ihre leise Äußerung offensichtlich dankbar auf, um uns das elende Leben der rund sechstausend hier schuftenden Sklaven nun eindrücklich zu beschreiben - und dann, wie üblich in solchen Situationen, elegant auf die Errungenschaften der Revolution überzuleiten. Die Lebensbedingungen der dunkelhäutigen Bevölkerung im sozialistischen Cuba seien heute völlig andere: Schulbildung und geregelte Arbeitsverhältnisse für alle. – Wieder einmal Fortschrittsparolen, auch ambivalent!

*

Der Abend mit den Gästen? – Ich blühte förmlich auf.

Es gibt keinen Grund, das Leben auf Cuba nur grau in grau zu schildern!, erklärte ich vorab. Lisbeth und ich beschrieben eine lebensfrohe Insel, auf der so mancher eine Nische gefunden habe, und berichteten auf Fragen hin, sowohl über Kritisches als auch über positive Erlebnisse: Von der Jagd nach dem CUC, der konvertiblen Zweitwährung; von der allgegenwärtigen Musik, mit der man sich Zuwendungen der Touristen erhofft; von gedrängt stehenden Menschen auf den Pritschen der Lastwagen im Überlandverkehr; von einer aus Afrika eingeschleppten Dornenpflanze auf verödender Fläche; vom Fest mit den Bauern in den Bergen; auch von Computern und TV-Unterricht in so gut wie jeder kleinen Dorfschule (an den Parabolantennen auszumachen) und von den bunten Ami-Cars als selten genehmigten, aber allerorts angebotenen Privattaxis. Wir erwähnten das reichliche Angebot auf den freien Bauernmärkten (wo mit CUC zu bezahlen ist) und schließlich die staatlichen *Bodegas,* in denen mit dem ‚Heftchen' (*Libreta*) verordnete Bezugsmengen an Grundnahrungsmitteln, Kaffee, Tee, Tabakwaren und andere Produkte für den täglichen Gebrauch (Petroleum, Glühlampen, schlichte Textilien und ebensolches Schuhwerk) abgegeben werden. – Bezahlt mit der ‚alten' Währung, und für uns „spottbillig."

Zudem beschrieb ich die Aufforstung auf großen Flächen (leider oft mit Eukalyptus-Bäumen); die Versorgung mit Elektrizität und Trinkwasser in abgelegenen Weilern der Sierra Maestra, und Lisbeth berichtete von einem funktionierenden Gesundheitssystem, wie sie es mit einer Magen-Darmerkrankung selbst erfahren hatte.

Für die meisten der Anwesenden wohl neu, ihren erstaunten Gesichtern nach.

Man leerte die Gläser, dankte für den interessanten Abend und verabschiedete sich. Ich stand auf meinen grauen Fliesen im Flur und dachte daran, was mir Ernesto gesagt hatte:

Cuba geht es wirtschaftlich gewiss nicht gut. Es fehlen Devisen, Investitionen aus dem Ausland. Die Infrastruktur ist marode. Der CUC hat die Bevölkerung in zwei Klassen geteilt. Die verordnete Sonderwirtschaft aus den Neunzigern haben wir noch immer nicht überwunden.

Wenn du einen jungen Kubaner fragst, wie er sich die Zukunft vorstellt, wird er dir grinsend antworten: In Florida legal arbeiten und am Wochenende auf Cuba leben, ohne Bevormundung durch die Partei! Da das zusammengenommen eine Illusion ist, bleiben wir Cubanos halt auf unserer Insel.

Die Partei weiß um unsere Situation und unsere Sehnsüchte. Aber das Embargo schnürt uns ein – das ist der glaubhafte Teil aller öffentlich verkündeten Wahrheiten. Und unsere Revolution tauschen wir sicher nicht gegen die Möglichkeit, künftig bei McDonald's Big Macs verzehren zu dürfen. Was mit amerikanischem Lebensstil einhergeht, das haben wir bis 1959 genossen: Cliquenwirtschaft und Korruption, Glücksspiel und Prostitution, von Gangsterbossen gelenkt. Trotzdem wird ein positiver Wandel nur möglich sein, wenn sich drüben in den Staaten die offizielle Einschätzung unseres politischen Systems verändert. Dazu könnten auch unsere Oberen – sprich die Partei! – beitragen. Aber da sind die Exilkubaner in Miami. Man sollte von kubanischen Amerikanern sprechen, denn sie erlangten rascher als andere Emigranten die US-Staatsbürger-schaft. Die werden vorwiegend die Republikaner wählen. Dann bleibt das Embargo! Und ihr Europäer seid viel zu abhängig von den USA. – Also warten wir ab und versuchen weiter, an den CUC zu kommen!

*

In Willdow habe ich mich nach der trotzig schwirrenden Lebendigkeit auf der karibischen Insel gesehnt, auf der zweiten Kubareise die Ruhe im Park von Willdow ver-misst. Besonders, wenn die Herbstsonne gegen Mittag den Nebel auflöste. In Willdow wanderten meine Gedan-ken zum Waldrand an der Passstraße in der Sierra Es-cambray im Abendlicht.

Willdow und Cuba, meine beiden Inseln in der Zeit, so andersartig - und doch in Sonnenzonen an Wald-rändern vertraut. Dr. Zerdan würde lächeln.

◆

Der Draht

Juni 1989

Quer über der Straßenkreuzung hängt er noch immer. Niemand fühlte sich für ihn zuständig, weder die Stadtverwaltung, noch ein staatliches Versorgungsunternehmen in Polen und wohl auch keiner der Bewohner der beiden Häuser. Die bieten ihm nach wie vor Haltepunkte.

Er hängt durch, formt bildlich ausgedrückt einen Bauch über der Straßenkreuzung. Wie es bei Bäuchen ist, die in die Jahre gekommen sind, lässt die Spannkraft nach, der Bauch wölbt sich mehr und mehr und hängt durch. Dazu hatte der Draht auch Zeit. Fast fünfzig Jahre. Von Anfang an war er gewölbt, nur nicht in diesem Ausmaß.

Auch die rußfarbene Gestalt ist noch da, die eines nach vorne gebeugten Mannes im Mantel und mit Hut, etwa lebensgroß aufgestrichen über den Kellerfenstern des Eckhauses. Mindestens so alt wie der Draht und in der Witterung der Jahrzehnte verblasst, ist die Figur auch noch immer zu erkennen.

Ich lege den Zeigefinger auf den Mund und sage: „Pst! Feind hört mit!" Rita sieht mich mit einem Blick an, einem zwischen Zweifel an meinem Zustand und Irritation. Sie war bei Kriegsende drei Jahre alt, ich fünfeinhalb. Das macht etwas aus.

Daraufhin deute ich auf den Draht, den ich kurz zuvor unterhalb des Himmels zwischen Dachfenstern hängend entdeckt habe und ahme mit quäkender Stimme den damaligen Radio-Ton nach: „Hier ist die BBC – die Stimme der Freiheit in deutscher Sprache." Als ich dann *In the Mood* von Glenn Miller summe, fällt der Groschen, obwohl Rita keinen Onkel Herbert hatte!

„Also eine Antenne!", meint sie. Und nun erzähle ich ihr von Onkel Herbert, der zu der Zeit, als er den Draht spannte, 1944, zwanzig Jahre alt war. Nach einer Schussverletzung hatte er ein Bein im Gipsverband und war von der Panzertruppe auf Erholungsurlaub zuhause in Breslau, hier in der Friesenstraße. Die Schusswunde schmerzte, denn sie eiterte. Deshalb schnitt er in der Küche ein Fenster in den Gips – das stank entsetzlich! Danach zog er sich in sein Mansardenzimmer zurück, und ich – damals fünf Jahre alt - ging zum Spielen auf die Straße mit meinem hölzernen Flugmodell, einem Messerschmidt-Jäger. Das weiß ich so genau, weil ein Foto existiert von mir und dem Flieger. - Flugzeuge fliegen und der Jäger aus Holz an meinem ausgestreckten Arm. Aus der Mansarde tönte *Hier ist die BBC . . .* und bald darauf *In the Mood*.

Als ich die Melodie hörte, schielte ich auf den schwarzen Mann auf der Hauswand gegenüber. Ich wusste doch, dass man ausländische Sender nicht hören durfte. Das gelang auch nur selten mit diesen Radios, die man *Volksempfänger* nannte. Der Empfang ausländischer Sender mit diesen kleinen Apparaten war von Sendezeit und Standort abhängig. Onkel Herbert hatte sich also selbst ein Radio zusammengebaut, aus alten Teilen, die man von verschwiegenen Leuten gegen Zigaretten und Luxusartikel, wie zum Beispiel duftende Seifen, erhielt. Mein Vater hat solche Dinge aus Frankreich mitgebracht, aus Lille. Dort war er eine Zeit lang stationiert, nachdem er den Russland-Feldzug mit Granatsplittern im Körper überstanden hatte.

Seitdem wusste ich, dass im Krieg Leute verwundet werden oder fallen, was ihren Tod bedeutete, aber mit ,fallen' umschrieben wurde. Das Jagdflugzeug kreiste noch heftiger an meinem Arm, stieß auf imaginäre Feinde, die uns ja schaden wollten und machte peng-peng-peng aus seinen ,Maschinengewehren' – den farbigen Strichen am Rumpf. Selbstverständlich formte ich die Motorgeräusche und Schusssalven selbst – Holz bleibt ja stumm, ganz im Gegensatz zu meinem Panzer aus Blech. Zog man ihn auf, fuhr er. Dann erzeugte er Geräusche, auch Funken. Über einem Zahnrad unterhalb der Kanzel hüpfte ein Stift den Zähnchen entlang, wie bei einem Feuerzeug. So entstanden die Funken und das Knattern einer ununterbrochenen Salve aus seiner Kanone - solange die Aufzugsfeder den Panzer bewegte.

Onkel Herbert verabscheute die Nazis und ihren Krieg. Das spürte ich, denn er hatte mir Sprüche wie diesen beigebracht: *Väterchen Stalin und Väterchen Molotow* .

. . .; den Fortgang habe ich vergessen. Deutlich erinnere ich mich, diesen Satz beim Fleischer auf sein Zeichen hin einmal laut gesagt zu haben. Das Lustige war, dass die Leute mich anstarrten und dann in Fäuste oder Taschentücher prusteten, um Ihr Lachen zu ersticken. Mit Onkel Herbert zu blödeln, das war lustig.

*

Und jetzt stehe ich wieder an der Ecke Friesenstraße und schaue hinauf zu dem Draht. Gäbe es Onkel Herbert und seinen Empfänger noch, würde er mir vielleicht Glenn-Miller-Melodien zuspielen, durch ein offenes Mansardenfenster in der *ulica Walecznych*.

Die Friesen im Straßennahmen sind längst vergessen, doch die Grenzen offen und wir im Austausch mit einem Lyzeum willkommene Gäste in der Stadt. Ich bin nicht in meine Heimat zurückgekehrt, erinnere mich aber so gut an die Friesenstraße und ihre Umgebung, dass ich sie seltsam sicher wiederfand. Unter ihrem heutigen Namen *ulica Walecznych* – ‚Tapferkeitsstraße' übersetzten unsere polnischen Freunde.

In the Mood in der ‚Tapferkeitsstraße'! Ich höre Onkel Herberts Lachen.

◆

Seelen brennen doch nicht!

September 1998

Zwanzig Kilometer bis Breslau – *Wrocław* steht auf dem Hinweisschild. Auf dieser Straße war es vermutlich, dass wir – Großvater, Mutter und ich im Mai 1945 nach der Kapitulation von Schweidnitz aus versuchten, die Stadt zu erreichen.

Für all das gab es nur eine Erklärung: Der Krieg ist verloren, der Russe im Land - und die Polen werden kommen!

Aus der eilig verlassenen Wohnung in der Friesenstraße wollten Großvater und Mutter noch Wertsachen holen. Zum Tausch gegen Lebensmittel - die Reichsmark war ja nun wertlos. Großmutter und mein jüngerer Bruder blieben bei entfernten Verwandten in Schweidnitz zurück. Mich hatte man mitgenommen, den schmächtigen Fünfjährigen im Kinderwagen - eventuell ein Schutz, denn Russen lieben Kinder, hieß es.

Über ein halbes Jahrhundert später sind wir als Touristen in Gegenrichtung auf derselben Straße unterwegs, meine Frau Rita und ich. Nun in Polen, im freien Polen nach dem Zusammenbruch des Ostblocks. Von meiner schlesischen Familie lebt niemand mehr, dem ich berichten könnte.

Zwanzig Kilometer - im Auto nicht einmal eine halbe Stunde auf der Staatsstraße 35. Wie oft bin ich sie nun schon seit der Wende 1989 in der einen oder anderen Richtung gefahren? Auf Touren durch die anmutige Hügellandschaft Niederschlesiens, vom Zopten überragt, unterwegs mit unseren polnischen Freunden. Wie oft haben mich auf dieser Straße unvermittelt Bilder vom Kriegsende befallen?

Bilder von ausgebrannten Panzern, zerschossenen Dörfern, Leichen in Granattrichtern, an den Leibern zerfetzte deutsche, russische, polnische Uniformen! Schwärme blauer Schweißfliegen steigen von Pferdekadavern auf. Der Wind trägt den Verwesungsgeruch mit sich. Feuchte Taschentücher vor der Nase helfen wenig. Ausgebrannte Panzer, vom Ruß geschwärzt, auf der Straße – und drinnen verkohlte Körper! Als Gehäuse des Todes drohen sie – ja wem? -, das Rohr über die abgeplatzte Kette auf den Boden gerichtet oder in letzter Minute verzweifelt in den Frühlingshimmel gehoben. Einen Umweg gibt es nicht. Wir müssen in den ausgefahrenen Spuren der russischen Lastwagen unmittelbar an den Panzern vorbei. Die führen seitlich der Straße über das Gelände - ein Trichterfeld.

Hauptkampflinie! sagt der Großvater.

Wir lauschen nach Motorengeräuschen, gehen rascher. Die Räder des Kinderwagens bleiben in der aufgeweichten Erde stecken, nur Meter neben den Granattrichtern mit den toten Soldaten, von der Sonne gnadenlos beschienen. Zwischen all dem Schrecklichen auf verminten Wiesen Apfelbäume in der Blüte.

Gespenstische, unauslöschliche Eindrücke, so verzurrt im Kinderkopf, dass ich jetzt ohne äußeren Anlass den Fuß vom Gas nehme. Rita, nicht geschlagen mit solchen Erinnerungen, tippt auf die Straßenkarte. „Hier, die Abzweigung!" - „Strzelce haben wir hinter uns?", frage ich, um aus meinem inneren Käfig zu kommen.

„Ja, der Ort gerade eben." Rita setzt die Fernbrille auf und beugt sich zur Frontscheibe. „Ich sehe die Abzweigung noch nicht, aber sie wird gleich kommen."

Bis zu diesem Moment hatte ich keinen Sinn für die Karte. Ich versuchte die Stellen auszumachen, wo die zerschossenen Panzer standen – zwecklos! Nichts erinnert daran, keine Granattrichter, keine Kreuze auf kleinen Hügeln, auch keine Gedenktafel. Natürlich nicht! Sollen die Menschen hier auf einem Friedhof leben?

Gestern Abend sind wir mit unseren Freunden über Karten gesessen. Der deutsche Name *Polnisch Schweidnitz* war weder auf einer Straßenkarte noch auf sonstigen Karten der Region zu finden, jedoch in der Nähe von Strzelce das Dorf *Gola Świdnicka*. Sollte dieser Ort mit dem ähnlich lautenden Namen das ominöse Dorf der Kindheit meiner Großmutter sein? Die Fahrt in die Vergangenheit wollte ich den Freunden ersparen. So entschlossen wir uns, dieses *Gola Świdnicka* alleine aufzusuchen.

Rita weist auf die rechte Straßenseite. „Siehst du vorne die Einmündung? Noch circa dreihundert Meter." Ich lasse den Wagen ausrollen, biege dann in die Nebenstraße ein und halte vor einem angerosteten Straßenschild. Die Beschriftung ist nur noch in Konturen vorhanden, nicht zu entziffern. Rita deutet wieder auf die Karte: „Schau' hier! Das Dorf kann nicht weit sein, also fahr weiter!"

Eine Rüttelpiste, von Schlaglöchern durchsetzt. In einer Senke hinter Bäumen tauchen auf der linken Seite Dächer auf. Nach dem Einbiegen auf die Dorfzufahrt tatsächlich ein lesbares Ortsschild: *Gola Świdnicka*.

Ich schalte die Zündung aus und lasse das Seitenfenster ab. Vogelgezwitscher und das Summen von Insekten, ansonsten Stille.

Ich zünde eine Pfeife an, blase den Rauch zum Fenster hinaus. Plötzlich sind Zweifel da: Will ich wirklich in die Vergangenheit? Der Ort vor mir ist ein polnisches Dorf - seit über fünfzig Jahren. Viele der Menschen, die damals gekommen sind, werden nicht mehr leben. Ihre Enkel sind hier geboren – es ist deren Zuhause. Sie kennen es nicht anders. Habe ich das Recht, sie mit meinen Fragen zu stören? Man wird uns als *die aus dem Westen* erkennen, die sich ein Erinnern erlauben, das nur auf alten Fotografien und Geschichten beruht. Was verbindet sie mit diesem Flecken Erde? – Sehnsucht?

Nein, Sehnsucht nach der ‚alten Heimat' kann es in meinem Fall nicht sein, eher eine Identitätssuche. Musste ich in der Schule und auf amtlichen Formularen *Roland Emanuel Ruf, Flüchtling* angeben, hatte ich das Gefühl, aus einem leeren Raum zu stammen. Diesen Raum zu füllen, bin ich unterwegs.

„Komm, probieren wir's!" Rita ist entschlossen, und ich rauche, zögere noch immer. „*Gola* ersetzte vermutlich die Bezeichnung *Polnisch*", ermutigt sie mich. „Wozu auch noch *Polska* im Ortsnamen, wenn alle Swidnickas mit ck oder nur mit c ohnehin in Polen liegen." Sie lehnt sich an mich, blickt über das Steuer in die Dorfstraße. „Hast du aus den Geschichten deiner Großmutter irgendeinen Anhaltspunkt?"

„Die Kirche!" - „Schön, dann zur Kirche."

Das Bild der Kirche taucht in mir auf, von einem Friedhof umgeben, wie von der Großmutter beschrieben. Welche Schauergeschichten hat sie uns Kindern erzählt! Von einem, der nachts „eim Kürchhoff" angetroffen wurde, wie er mit dem Spaten ein frisches Grab zu öffnen versuchte, nackt und betrunken. Zum Bruder wollte er, den man Tage zuvor beerdigt hatte. „Zwee olle Suffköppe woarn das." Oder die von blau irisierenden Lichtern über Gräbern. „Weeste", erkärte sie uns Kindern die Erscheinung in ihrem schlesischen Tonfall, „die ormen Seel'n ham nich Ruhe finden kenn."

„Aber Oma, Seelen brennen doch nicht!", hat mein Bruder gesagt. „Nu, seid mal nich so vorwitzig! Ihr werd no moal zu begreifen ham, woas alles iss."

Rita lacht auf, als ich auf der Einfahrt in das Dorf die Geschichte in Erinnerung bringe. Ich hatte sie längst erzählt, zur gruseligen Freude der Töchter. Und plötzlich weiß ich es: Ich will diesen seltsamen Ort mit eigenen Augen gesehen haben, über den ich mir so vieles anhören musste. Er würde aus der Düsternis meiner Kindheitseindrücke hinübergleiten in die spätsommerliche Wirklichkeit eines polnischen Dorfes, nähme im Sonnenlicht des Tages der Erinnerung alles Dunkle aus Großmutters Geschichten.

Entlang der mit jungen Bäumen gesäumten Dorfstraße ist ein Kirchturm nicht auszumachen. Häuser und Einfassungen der Gärten zeigen Spuren von Jahrzehnten sozialistischer Mangelwirtschaft. Verputz blättert ab, ebenso die Farbe an Fenstern und Fensterläden. Holzzäune weisen Lücken auf, wie so manche Zahnreihe älterer Menschen, denen wir begegnet sind. Als Zeichen des Lebens füllt Blumenpracht die Hausgärten. Nirgendwo rostendes Ackergerät, Autowracks, ausrangierte Badewannen und Kühlschränke auf Grundstücken, wie in den Dörfern um Wrocław. Ab und zu einer, der den Vorplatz seines Hauses mit dem Reisigbesen fegt.

Ein Samstag um die Mittagszeit Anfang September 1998.

Zaun- und Zahnlücken, Schutthalden in Baulücken, Sperrmüll in Vorgärten, defekte Straßenbeläge, kaum gepflegte Grünanlagen - noch vor wenigen Jahren eine fortsetzbare Aufzählung. Die würde so gut in das Bild passen, das man mir zuhause von der „polnischen Wirtschaft" zu vermitteln versucht hatte. Dagegen stand eine heile Welt, das alte Schlesien der Kalender und Bild-bände – ‚Unsere unvergessene Heimat'.

„Seit dem deutsch-polnischen Grenzvertrag fühlen sich die Menschen hier endlich sicher.", sagten uns die Freunde. Und nicht nur dieses Dorf bestätigt das; es wird aufgeräumt, renoviert, gebaut.

„Wisst ihr", erklärten sie uns, „vorher hat jeder nur auf seine private Zone geachtet, auf sein Haus, die Wohnung, seinen Garten. Am Zaun, an der Etagentür hat das Interesse geendet. Es war schon schwierig genug, für sich zu sorgen, und zu alledem die Unsicherheit: Was wird sein, wenn die Deutschen einmal wiedervereinigt sind? Das haben sich hier viele Leute gefragt, natürlich nicht offen. Wir Polen sitzen doch zwischen euch und den Russen und wurden schon mehrfach zwischen mächtigen Nachbarn verschoben, aufgeteilt."

Auf der rechten Seite der Dorfstraße entdecken wir die Kirche. Ich parke den Wagen am Straßenrand. Von Kastanien umgeben und nicht von Gräbern, steht sie erhöht im Abstand zur Straße. Stufen führen auf das Portal zu. Die Türen sind weit geöffnet. Aus dem Halbdunkel des Kirchenraums strömt uns Blumenduft entgegen. Frauen sind damit beschäftigt, verblühte Gladiolen und Hortensien durch große Asternsträuße zu ersetzen. Ein Wall von frischen Sträußen verdeckt den barocken Marienaltar. Die Vasen haben nicht gereicht, Konservendosen helfen aus. Eine der Frauen wischt den Boden. Im Dämmerlicht sind wir über ihren Wischlappen gestolpert. Lachend sagt sie etwas und bedeutet uns zu passieren. Wir suchen uns Plätze in einer mittleren Bankreihe. „Hat deine Großmutter die Kirche so beschrieben?", flüstert Rita. Ich schüttle den Kopf.

Dieses freundliche Dorf passt nicht zu der Düsternis des Ortes, die mir aus ihren Beschreibungen entgegenkam: Keine hohen Mauern mit Toreinfahrten in Gehöfte und auch kein Friedhof um die Kirche. Wir müssen in einem anderen Ort gelandet sein - einem, der mir weit besser gefällt als der, den ich heute suche.

Eine der Frauen nähert sich. „Przepraszam, Mama, Papa von hier, tak?" - „Nein, Großmutter . . . die Oma." - „Aha, Oma und wie Name?" - „Cäcilie Reimann". Sie schüttelt den Kopf und meint „nié", sagt etwas auf Polnisch und zeigt durch das Kirchenportal auf ein Haus gegenüber.

Vor dem Haus übt ein Junge Kunststücke auf einem alten Fahrrad. Das besteht aus angerostetem Rahmen, zwei nackten Rädern, Sattel und Lenkstange. Es scheint keinem anderen Zweck zu dienen. Wir bleiben stehen und schauen ihm zu. Nicht lange und er hält an, steigt vom Rad. Ich frage, ob er jemanden kennt, der deutsch spricht. Er schaut mich ratlos an. „Niemiecku", sagt Rita. Sein Gesicht hellt sich auf. „Tak, tak", äußert er in singendem Ton, schwingt sich auf das Rad und fährt hinter das Haus.

Nach Minuten erscheint ein alter Mann, gebeugt und in eiligem Schritt. „Sie suchen Verwandte?", spricht er uns freundlich an. Das käme jetzt öfters vor, dass sich Leute aus Deutschland nach Verwandten erkundigen.

Aber viel sagen könne er ihnen nicht. „Wir sind doch auch hierher vertrieben worden. Da waren keine Leute mehr da." Nein, von einer Familie Reimann habe er noch nie gehört. Dieses Dorf habe auch nicht *Polnisch Schweidnitz* geheißen, sondern *Guhlau*. Das wisse er von den Deutschen.

Gola Świdnicka, leider nicht *Polnisch-Schweidnitz*.

Ich bin für das Abbrechen des Suchens. Nach Großmutters Dorf zu fragen, macht mich gegenüber den Menschen verlegen, die sich hier in einer neuen Umgebung zurechtfinden mussten und über die Jahrzehnte wieder eine Heimat gewonnen haben.

„Woher hat der sein perfektes Deutsch?", wundert sich Rita. „Hast du nicht auch einen österreichischen Akzent herausgehört?" - „Schon möglich", meint sie nachdenklich. „Aber was sagt uns das?" – „Hm" – „Deinem bedeutungsvollen Räuspern nach schließe ich auf eine Region im K-und-K-Reich. Vielleicht um Lemberg herum, weil die Leute aus dieser Stadt" . . . „die polnischer Abstammung", flechte ich ein - „ja, eben die, mein gescheiter Gatte! -, die nach Breslau umgesiedelt wurden?" – „So war das wohl." – „Und mehr hast du dazu nicht zu sagen?" – „Nein!" Nun räuspert sie sich. „Hm, das ist selten."

Was soll ich auch sagen? Fast erschreckt es mich, wenn ich spüre, wie freudig ich die Landschaft in mich aufnehme. Ich bin fremd in diesem Land, und dennoch kreuzen sie immer wieder die Wahrnehmung des Moments - die bildlichen Eindrücke eines Kindes. Am zuverlässigsten sind solche an Licht und Richtungen. So zuverlässig, dass ich das Haus in der Friesenstraße wiederfand. In solchen Momenten bin ich sprachlos denen gegenüber, die eine Reaktion von mir erwarten – gegenüber unseren polnischen Freunden und selbst gegenüber Rita.

Bevor wir das Auto erreichen, bleibt sie noch einmal stehen, sieht sich um. „Schade, dass deine Großmutter nicht aus diesem Dorf stammt. Richtig hübsch ist es hier. Und schau mal, da hinten ist der Zopten. So heißt doch dein Lieblingsberg in Schlesien." Sie hält die Hand vor den Mund und lacht. „Der Vulkan deiner frühen Jahre, liebster Roland, in einer Gegend, die der unsrigen nicht unähnlich ist."

„Nu", versuche ich mich in meinem Behelfsschlesisch, „ei'm Himmelfohrtstage sind mer vierspännig mit'm Lehrrervoreine zum Zopten geforrn. Weeste, die Herrn eim Frack mit Zylinder und Handschuh'n, die Dam'n olle eim weeßen Kleede."

Rita lacht schallend, löst sich von meinem Arm, stellt sich vor mich und knickst „Würde mich der Herr Oberlehrer . . . Wie hast du gesagt? . . . eim Zopten fürrn?"

„Nee, Mädel, nee! Ich weiß was Besseres. Wir fahren in das nahe Krasków und speisen auf einem Schloss. Es ist schon längst Sandwichzeit."

Wenige Kilometer und wir erreichen nach einer Kurve in der Ortsdurchfahrt des gleichnamigen Dorfes Schloss Kraskòw, von unseren Freunden empfohlen. Gekieste

Zufahrt und eine schmucke Gartenanlage, auf dem Vorplatz Sonnenschirme, Tische und Stühle und vereinzelt Gäste – einladend!

Über die halbkreisförmigen Stufen des Eingangs kommt uns eine blonde Frau entgegen, grüßt auf Deutsch. Ob wir um diese Zeit, es ist bereits Nachmittag, eine Kleinigkeit zu essen bekommen könnten? „Selbstverständlich", sagt sie, „dazu sind wir da! Hier draußen oder drinnen? Schauen's sich gerne um."

Der Vorraum mit Rezeption und die Treppe zur ersten Etage, beides eher bescheiden für ein repräsentatives Gebäude aus dem Barock. Zu den Seiten hin geöffnete hohe Doppeltüren, rechts zum Restaurant, links zum Musiksalon.

„Oh, schau mal, ein Flügel und aufgeschlagen!" Rita wird sich hoffentlich beherrschen können! Und schon steht sie davor, beugt sich über das aufgelegte Notenblatt. Ein zarter Anschlag, ein Akkord.

„Bach!", ruft sie mir zu.

Orientteppiche auf dem Fliesenboden, Serien von Lithographien an den mit Seidentapeten bespannten Wänden.

„Was für wunderschöne alte Möbel!", staune ich über dieses stilvolle Ambiente. Rita blättert im Notenheft.

Oberhalb einer Sitzgruppe ein Blumenstillleben. Sie kommt vom Flügel herüber und beugt sich zu dem kleinen Schild am Rahmen. „Du, ein Brueghel!", ruft sie mir hinterher. Ich bin bereits auf dem Weg zum nächsten Raum, der Bibliothek.

„Ob man hier einfach so durchgehen darf?", vernehme ich hinter mir. Warum auch nicht? Keine Menschenseele in der Nähe, nur wir beide. Wandhohe Regale und Glasschränke, gefüllt mit Büchern - meterweise eine amerikanische Enzyklopädie der Naturwissenschaften um die Jahrhundertwende. In der Mitte des Raumes, auf einem Teppich, ein großer ovaler Nussbaumtisch und im Hintergrund ein hoher Spiegel.

Die Fensternischen in der massiven Außenwand sind zauberhaft. Sonnenlicht fällt durch kleinteilig gerahmte Scheiben in den schlanken, hohen Fenstern. Kupferstiche an den Wänden, rötlich-braun gerahmte Graphiken - Klimadaten und die Pegelstände naher und ferner Flüsse aus einer Zeit, die längst Geschichte ist. In einzelnen Nischen kleine Tischchen mit Rosen in Porzellanvasen, Polsterstühle und Bücherstapel auf dem Boden. Geradezu eine Aufforderung, Platz zu nehmen und nach einem Buch zu greifen. Die duftenden Rosen verstärken die Lust zu verweilen.

Ich setze mich, lasse den Blick durch den Raum schweifen und werde ganz ruhig. Nur schauen, sich von Licht und Farben führen lassen und die Atmosphäre genießen. Ich bin zu Besuch gekommen, darf mich als willkommener Gast fühlen.

Nach fünfzig Jahren willkommen ohne Vorbehalte! Das muss ich mir in Momenten wie diesem sagen.

Es muss dieselbe Straße gewesen sein, die uns im Mai 45 auf dem Weg nach Breslau an Kraskòw vorbeigeführt hat. Da war nicht daran zu denken, dass der fünf-jährige kleine Kerl eines Tages als fast Sechzigjähriger in einer Fensternische des Schlosses sitzt, beglückt von der Atmosphäre eines Raumes im einfallenden Sonnenlicht.

Sonne kann brutal sein – brutal, wie damals auf dem Weg und brutal, wie sie dann den Maiabend in ein winterliches Bild taucht, bei unserer Ankunft in der Vor-stadtstraße. Der Wind trägt weiße Wolken daher, die in der Abendsonne rötlich schimmern, und wo sie liegen-bleiben, Straße und Gehwege bedecken. Fensterläden vor zertrümmerten Scheiben drehen sich knarrend in ih-ren Angeln und klappern im Wind - die einzigen Geräu-sche in der ausgestorbenen Straße. Für ein Kind, das Schnee eigentlich mag, trostlos und ängstigend! Bettfe-dern sind es, Bettfedern, die den Eindruck von Schnee vortäuschen, aus gewiss hunderten von aufgeschlitzten Federbetten und Kissen - und ich fürchte mich vor der Nacht.

Ich schaue mich nach Rita um. - Das leise Klicken des Ka-mera-Verschlusses sagt, was sie tut. Schier auf Zehenspit-zen schleicht sie durch die Räume und entdeckt bestän-dig neue Details. Dann steht sie plötzlich hinter mir, fo-kussiert auf einen Teil der Stuckdecke, lässt die Kamera sinken. „Du, das wirkt hier doch sehr privat. Meinst du wirklich, man kann einfach so durch die Räume streifen und fotografieren?"

Hinter der Bibliothek gelangen wir auf einen schmalen Flur, Türen zu Hauswirtschaftsräumen und

Hinweisen zu den Toiletten und geradeaus zur Bar. „Oh!", sagt Rita und verschwindet - für mich die Gelegenheit, den Fotobericht an der Wand zu betrachten.

Ein Kunsthändlerpaar aus Österreich hat sich als Pächter viel vorgenommen: Hotel der Spitzenklasse in historischem Ambiente. Reitstall, Golfgelände und ein Schwimmbad sind geplant. Die Immobilie gehört einer Stiftung, die hier ein Konferenzzentrum mit Schwerpunkt Kunst und europäische Begegnung zum Ziel hat.

Wie schön, jetzt noch die Räume für uns zu haben!

Das Essen ist gut, die Rechnung bezahlbar. Und zum Abschluss in die Café-Bar in einem Rokoko-Gewölbe: Ella Fitzgeralds Stimme aus Deckenlautsprechern, an gekalkten Wänden Fotos von Filmgrößen und eine italienische Kaffeemaschine, die uns gurgelnd und zischend einen köstlichen Cappuccino beschert.

Wieder auf dem Parkplatz, fällt mir das rechte Hinterrad eines Geländewagens mit österreichischer Nummer auf. Der Reifen ist fast platt. Zurück zur Rezeption. Ja, das sei der Wagen der Chefin. Die blonde Dame kommt, betrachtet das Rad und beteuert, das sei ihr noch nie passiert. Beim Abtasten des Reifens entdecke ich einen Nagelkopf. Sie bückt sich zu dem Rad. „Unglaublich!" murmelt sie. Nun ja, in Polen sind noch immer mehr Pferdefuhrwerke unterwegs als in Österreich.

Sie richtet sich auf und zeigt über das Gelände. Ja, man habe sich hier auf manches Ungewohnte einzustellen: auf den noch vollständig zu restaurierenden Bau,

nach Originalplänen; auf jahrzehntelang sich selbst über-
lassenes sumpfig-mooriges Gelände in Hektargröße, im
Frühjahr mit Tausenden von quakenden Fröschen besetzt und Stechmücken bis in späte Herbsttage. „Stellen's
sich dann die Konfusionen vor, einerseits die Ansprüche
von Denkmal- und Naturschutz und andererseits Ver-
waltungsbeamte, die no net in einer neuen Zeit angekommen sind! Da kann einem scho' ein platter Reifen auf die
Stimmung drücken. Glauben's mir das! Aber kommen's
wieder, wir freuen uns auf Sie!"

*

Heute noch über Świdnica nach Krzyżowa, dem ehemaligen Kreisau? – Zu spät! Aber ein kleiner Umweg sei
noch möglich, meint Rita nach einem Blick auf die Straßenkarte. Also dann auf Nebenstraßen hinüber zum
Städtchen Sobótka und entlang den zur Ebene hin aus-
laufenden Hängen des Zoptens zur Staatsstraße 35. Aus
felsigen Hängen tritt dunkles Vulkangestein hervor. Ich
hätte gerne angehalten und eine Probe genommen. Gegen acht Uhr sollen wir in Wrocław sein. Die Freunde
warten mit dem Abendessen – Piroggen!

Nach wenigen Kilometern durch die kleinteilige
Hügellandschaft treffen wir auf die nach Nordosten ab-
zweigende Landstraße, die den Anschluss bringt. Rita
faltet die Karte.

Der Zopten liegt bereits hinter uns, da kommt sie
wieder auf Oma Cäcilie zu sprechen. „Was für ein Erlebnis musste so ein Ausflug zum Zopten damals gewesen

sein! Pferdekutsche, Eisenbahn, umsteigen, nochmals Pferdekutsche - meine Güte, ein solcher Aufwand für ein paar Stunden in einem Gartenlokal plus Spaziergang am Arm eines Herrn! Ich kann mir das kaum vorstellen."

„Das habe ich mich auch schon gefragt. Von Übernachtungen war nie die Rede, wäre auch zu teuer gekommen. Man startete wahrscheinlich morgens sehr früh, so gegen fünf Uhr und kam spät abends zurück."

„Roland, hast du mal darüber nachgedacht, welchen Stellenwert dieses Zopten-Erlebnis für so ein junges Ding - sagen wir mal sechzehn - hatte? Mit achtzehn war sie verlobt oder mindestens versprochen, mit zwanzig verheiratet und im Jahr darauf Mutter."

„Oder sitzengeblieben wie Schwester Trude, bis sie einen ältlichen Bahnhofsvorsteher fand, dem die erste Frau im Kindbett gestorben war." - „Und das Kind?" - „Von dem hab' ich nie etwas gehört; ich kenne nur meinen Onkel Herbert, den unehelichen Sohn der jüngsten Schwester meiner Großmutter. Damit die nicht mehr ganz junge Dame den Zement-Prokuristen aus Oppeln heiraten konnte, einen Witwer mit drei kleinen Kindern, haben meine Großeltern Herbert adoptiert."

„Oh Gott, was für eine Entscheidung!"

„Passte aber ins Konzept."

„Wie das?"

„Nun, mein Opa wünschte sich noch einen Sohn, meine Oma aber keine Geburt." - „Hätte sie nicht einfach schwanger werden können? Verhütung war doch damals in katholischen Familien sicher kein Thema." - „Offenbar hatte sich dieses Problem nicht ergeben." - „Nun mal langsam, Roland! Die waren verheiratet . . ." - „schliefen vermutlich nach einiger Zeit nicht mehr miteinander, weil meine Großmutter diese Betätigung für eine Schweinerei hielt. Das gab sie mir in ausgehenden Pubertätsjahren mehrfach zu verstehen."

Rita schweigt und ich muss mich im späten Tageslicht auf die Einmündung in die rege befahrene Staatsstraße konzentrieren. Nach Minuten faltet Sie die Karte wieder auf und sucht. Ja, was eigentlich?

„Kein Problem, Rita! Wir bleiben auf dieser Straße. Nach der Brücke über die Autobahn bis zu den Panzern am russischen Soldatenfriedhof. Ab da kennen wir den Weg!" Auch dazu sagt sie nichts.

„Roland, wenn ich über deine Großmutter nachdenke", nimmt sie nach einiger Zeit wieder das Thema auf, „verfestigt sich in mir der Eindruck, dass sie bis zur Hochzeit ein Leben nach den engen Vorstellungen geführt hat, die ein anständiges Mädchen damals haben durfte. Wahrscheinlich ist ihr deshalb jedes noch so unbedeutende Erlebnis in Erinnerung geblieben . . . und dann begann die Pflicht."

Sie könnte recht haben. Ich habe das so nur noch nie betrachtet. Anfänglich gaben mir Großmutters Geschichten willkommene Einblicke in eine zurückliegende Epoche: Feiertage, Feste, die Farben der Kleider und die Form der Hüte, das Benehmen der jungen Herren, die Jahre auf der Haushaltsschule in Böhmen mit Anstandsunterricht, den sie ausführlich beschrieb. Die Kulisse ei-

nes kleinbürgerlichen Lebens in Nachahmung des groß-
bürgerlichen. Später nervte sie mich mit ihren ständig
wiederholten Versatzstücken aus der ‚guten alten Zeit‘ -
Kritisches über die Jahre vor dem Ersten Weltkrieg kam
nicht vor.

„Ja, die Pflicht, Rita! Die war ihr in den ersten Ehe-
jahren weitgehend abgenommen: Dienstmädchen und
eine reichliche Aussteuer. Da Opa nur Volksschullehrer
war, wahrscheinlich auch noch etwas obendrein, wenn
das schmale Gehalt nicht ausreichte. Schließlich wurde
der Mann 1914 sofort zur Front eingezogen, so fiel eine
weitere Pflicht aus", erzähle ich in Schüben, denn wir
werden das eine ums andere Mal hupend überholt. Viele
Polen fahren, was ihr Auto hergibt und der Straßenzu-
stand erlaubt. In Annäherung an die Stadt fließt der Verkehr ruhiger - Radarkontrollen.

„Mein Urgroßvater – Omas Vater" ‚erzähle ich weiter – „war als zweiter Sohn eines Großbauern im Vorgriff
auf sein Erbe offenbar finanziell gut ausgestattet, Rita. Er
starb 1917, und Oma erbte! Brauchte sie zusätzlich Geld,
hob sie von den Zinsen ab, hat sie mir einmal gesagt. Mit
der Inflation war das vorbei . . . ihr Drang nach Selbstdarstellung als ‚Dame aus besseren Kreisen‘ allerdings nicht.
Opa hat nach dem Krieg neben seinem Beruf Kirchenmu-
sik am Konservatorium studiert und ab 1924 als Lehrbe-
auftragter für Orgelspiel und Kompositionslehre dazu-
verdient."

„Dann bist du ja in vierter Generation Lehrer!",

stellt Rita fest und kramt im Handschuhfach nach den polnischen Bonbons.

Mein Gott, ja, in vierter Generation! Das hatte ich bisher nicht bedacht, die schlesische Familiengeschichte ausgeblendet. Ich konnte von Oma und Mama nicht mehr hören, dass die Kartoffeln schmackhafter waren, die Milch sahniger, der Himmel blauer und die Luft frischer gewesen sei als dort, wo ich mich zuhause fühle: in der Rheinebene und nun auch im Kraichgau.

Vor Jahren hat ein Zufall bewirkt, dass ich mich Schlesien innerlich wieder nähern konnte. Über einen Schüleraustausch haben wir mit der Direktorin eines Lyzeums in Wrocław Freundschaft geschlossen. In entgegengesetzter Richtung ist sie nach dem Krieg mit Mutter und Bruder aus Deutschland zum Vater in ihre polnische Heimat zurückgekehrt. Unsere Kindheits- und Jugenderinnerungen sind sozusagen spiegelverkehrt. Und so sind wir nun privat alle ein, zwei Jahre bei Barbara und ihrer Familie zu Besuch.

Heute liebe ich nun diese Landschaft, sehne mich nach unseren Freunden - und Barbaras Piroggen.

Es ist schon kurios, wahrscheinlich kenne ich Schlesien inzwischen besser als meine von dort stammende mütterliche Familie.

Wir nähern uns Wrocław, der Verkehr wird dichter. „Roland, hörst du mir noch einen Moment zu?" Ritas Hand streicht über meinen Kopf.

„Roland, es war unser Glück, dass ich damals der

Ehe mit einem verzogenen Muttersöhnchen noch entkommen bin. Deine arme Großmutter konnte aus der Begegnung mit dem ersten Mann, den sie nicht verpassen wollte, nicht auf das schließen, was Partnerschaft in der Ehe wirklich bedeutet. Da waren die unüberwindlichen Hürden der Konventionen davor. Wie alt war sie denn, als deine Mutter auf die Welt kam?"

„Einundzwanzig."

„Na, siehst du, fast noch ein Teenager, auch wenn damals früh geheiratet wurde." Sie schweigt, sagt nach einer Weile: „Nein, in der Haut deiner Großmutter möchte ich nicht gesteckt haben, Roland. Da bin ich mir jetzt sicher, obwohl ich ihr nie begegnet bin."

Wir haben die Brücke über die Autobahn passiert und nähern uns den beiden Panzern am russischen Soldatenfriedhof. Rita sieht mich von der Seite an. „Bist du jetzt traurig, dass wir das Dorf deiner Großmutter nicht gefunden haben?"

Was antworte ich ihr? . . . In meiner Vorstellung nimmt nun das hübsche Dorf am Zopten den Platz ein, den bis heute ein düsterer Ort besetzt hielt.

„Nein", sage ich.

Die Ampel vor uns schaltet auf Grün!

♦

Spaziergänge im Park

2014

PAUSENBROT MITTAGSLESUNGEN aus MOO PAK
von GABRIEL JOSIPOVICI.

>>Die Menschen sind zu keiner nachhaltigen Anstrengung mehr fähig, kennen keine allmähliche Entwicklung, keine Geduld, keine Beharrlichkeit.<<

TERMINE: 24. JUNI – 19. JULI 2013, IMMER MONTAGS BIS FREITAGS, JEWEILS VON 12:30 – 12:50 [1]

Vor einem Jahr hatten sich Literaturfreunde in einer Kirche vorlesen lassen. Nun diese Notiz zwischen Büchern - vorbei ist vorbei! Meine Neugierde war jedoch geweckt und, wie sich herausstellte, das Buch vergriffen. Einzig ein Buchversand bot für je zehn Euro sechs gebrauchte Exemplare an.

Dann werde ich mir das Buch eben ausleihen, sagte ich zu Marie. Sie war bei einigen Lesungen gewesen, griff im Bücherregal in den Stapel noch nicht gelesener Bücher und zog es hervor.

Ich blätterte, 216 Seiten in durchgehenden Zeilen

---

[1] Deutsche Ausgabe, Berlin 2010

gedruckt, die letzten acht Zeilen auf der zweihundert-siebzehnten. Was erwartete mich? Rund 6500 Zeilen, wenn ich richtig überschlagen habe. Das Buch forderte geradezu das Lesen in Portionen.

Nach Lektüre der ersten Seiten schob ich es zurück ins Regal. Weder unter einem *Computer als groteske Apotheose* noch unter der *berühmten Sentenz von Villiers de l'Isle-Adam* konnte ich mir etwas vorstellen. Mein PC hat längst die Schreibmaschine abgelöst, und die permanent eingestreuten Verweise auf Autoren und deren Zitate empfand ich als geradezu ausgrenzend, auch wenn sie *Damien,* dem Begleiter des Protagonisten *Jack Toledano*, im Moment so wesentlich erschienen, dass er unablässig und stereotyp *sagte er* anfügte. - Eine Zumutung!

Aus diesen Seiten schloss ich allerdings, dass *Jack* ein belesener Mensch ist und selbst Autor, dass er Computer verabscheut, aber Freude empfindet, ein weißes, leeres Blatt in die Schreibmaschine einzuspannen, weil ein leeres Blatt neue Möglichkeiten biete, *nicht mehr gewollte Wörter und Sätze* im Text zu ersetzen. Deutlich ist auch sein Bedürfnis, sich einem Begleiter auf langen Spaziergängen in den Parkanlagen Londons mitzuteilen, besagtem *Damien Anderson*. Und übrigens, von Grünflächen in London habe ich ebenso wenig eine Vorstellung, wie von den meisten zitierten Autoren.

In der Mischung aus Neugierde, verinnerlichtem Anspruch auf Teilhabe am literarischen Geschehen und der aus dieser Mixtur entstehenden Gewissensfrage, ob ich ein Buch, das mich nicht sofort anspringt, zur Seite legen dürfe, überkamen mich Bedenken. *Gabriel Josipovici* ist ja gewiss kein Unbekannter, wenn sein Werk über Wochen in einer Kirche vorgelesen wird. Demnach hat es mit mir zu tun, und darin bestand meine Schwäche, wenn ich über ihn nichts weiß und die von ihm zitierten Autoren nicht kenne.

Ich verzichtete also auf die sofortige Google-Suche nach Namen, die *Jack* erwähnte und umging mir unklar Gebliebenes in seinem Gewebe aus Zitaten und Erwägungen. Seither ist *Jack Toledano* in meiner Jackentasche dabei, ebenso sein Begleiter *Damien Anderson*. Der schätzt *Jack* und seine Leidenschaft, auf Spaziergängen zu erzählen, weil es *nichts Besseres gibt, als einen Spaziergang mit Jack Toledano.*

Spazierengehen und Lesen sind kombinierbar, auch Schreiben und Spazierengehen. Ich las Josipovicis ohne Kapitel und Absätze durchgedrucktes Buch während Spaziergängen auf Parkbänken, auch in der Straßenbahn und in Wartezimmern, versuchte mir *Jacks* Ansichten einzuprägen. Gelegentlich notierte ich nun auch Namen, um mich zu informieren. So folgte ich seinen Meinungen über Dasein, Kultur und Philosophen, erfuhr, was seiner Ansicht nach unter jüdischem Denken zu verstehen sei. Ich schlüpfte in die Rolle eines heimlichen zweiten Begleiters auf seinen Spaziergängen durch Londons Park-Anlagen und glaubte, mich mit jeder gelesenen Seite dem Sinn - oder Ziel? – dieses ungewöhnlichen Buches zu nähern.

Wer ist also dieser *Jack Toledano*, der mich mehr und mehr in seine Gedankenwelt mitnimmt?

Er entstammt einer jüdischen Familie - polyglott und gebildet -, die von Odessa über Frankreich nach Kairo gelangt war und von dort schließlich nach London. Und weil mich die Beschreibung seines Lebenswegs zunehmend fesselte, der eines jüdischen Menschen, hineingeboren in eine Zeit der Verfolgung durch ein Volk, das für seine Perfektion bekannt ist und dem ich angehöre, ließ mich das Buch nicht wieder los. Auch deshalb nicht, weil ich in einer Umgebung aufgewachsen bin, in der Erwachsene behaupten durften, dass die ‚Judenfrage' noch lange nicht gelöst sei. Dabei sah man sich untereinander in selbstgeschneiderter Wichtigkeit vergewissernd an.

Jack ist ein höchst seltsamer Mensch, fand ich, der, wohl aus den Irritationen des Exils heraus, mancherlei versucht hatte, bis er zu dem gelangt war, was ihn eigentlich bewegte – der Literatur. Für den Leser eine schäumende Welt seiner Gedanken, wahrscheinlich erst recht für die, denen vorgelesen wurde. Der Klang der Sprache geübter Vorleser – Schauspieler waren es! - wird sie über die Wellen der Aperçus in verschachtelten Sätzen hinweg getragen haben.

Ich war geradezu erleichtert, nicht in dieser Kirche bei den Lesungen dabei gewesen zu sein und überließ mich dem Dialog mit *Jack* – in meiner Weise.

*

An einem Nachmittag im Sommer saß ich wieder auf derselben Bank im nahen Park und las im Schatten von Ahorn und Buchen. Neben mir ließ sich ein älterer Herr nieder, nahm die hiesige Tageszeitung – die Ausgabe von Dienstag, dem 22. Juli 2014 - aus der Aktentasche. Mit solch großformatiger Lektüre beansprucht man Platz, der knapp wird, wenn eine junge Frau sich setzen möchte und zwei Kinderrucksäcke unterzubringen hat. Folglich rückten wir zusammen, ohne Worte.

Inzwischen hatte ich mir angewöhnt, hinten im Buch Zettel einzulegen, auf die ich so wesentliche Dinge notierte, wie *Stadtplan London,* Namen der durchstreiften Park-Anlagen und einzelne Sätze wie diesen: *Das Adjektiv ist der größte Feind des Schriftstellers.* Offenbar verträgt *Jack* mit Adjektiven angereicherte Sätze nicht. Dieser Schreibstil mache ihn grundsätzlich krank. *Jack* führt auch sogleich den Autor *Raymond Chandler* an, der statt über ausliegende dicke Teppiche in Adjektiven zu sinnieren, in *Jack* überzeugender Klarheit den schlichten Satz gebraucht: *Der Teppich kitzelte an meinen Knöcheln.*

Dieser *Raymond Chandler* war nicht der einzige Name eines Autors, der mir nichts sagte. Dennoch nahm mein Interesse an *Jack Toledanos* Darstellungen weiter zu, nicht zuletzt der Schilderung seiner Befindlichkeiten beim Schreiben seines Hauptwerkes wegen: Antrieb und Resignation, der tägliche Kampf mit Sätzen, das Ringen um Einfälle, der Glaube an das Vorankommen und der Zweifel am Wert des Erreichten.

Das traf mich im Kern - einen, der dabei war, ein

eigenes Manuskript abzuschließen. Von Beenden kann wohl nie wirklich die Rede sein. Bereits das Überlesen einzelner Passagen wirft über Seiten zurück. In den Möglichkeiten einzufügen, umzustellen oder zu löschen, die das Schreibprogramm des Computers bietet, und sich damit in den Scheinzustand einer neuen Selbsterfindung zu versetzen, sah ich mich der Disziplin eines Schreibers gegenüber, der Nachdenken grundsätzlich *vor* Versuch und Irrtum stellt, es aus der Distanz – mitunter bitter ironisch - mit kulturellen Gegebenheiten aus langjähriger Beobachtung aufnimmt, erwägt, zustimmt, spottet und verwirft – daher immer wieder ein frisches Blatt braucht! - und, um den Schluss seiner Selbstdarstellung auf all diesen Spaziergängen vorwegzunehmen, *Damien* am Ende gesteht, dass es die angeblichen siebenhundert Seiten seines angelegten Hauptwerks gar nicht gibt!

*

Dieses annähernd zu beschreiben, so weit war ich an jenem Nachmittag im Juli noch lange nicht. Zunächst hatte ich mich in dieses ungewöhnliche Buch einzulesen, das dem Leser – wie bereits erwähnt - einen durchgeschriebenen Text anbietet oder zumutet, ohne Absätze, stattdessen ein floskelhaftes *sagte er* des referierenden Begleiters als Abschluss eines Gedankens. Ein Lesen, das Pausen braucht.

Man war also auf der Parkbank zusammengerückt. Ich blickte hin und wieder von meinem Buch auf und sah den spielenden Kindern zu. Mein Nachbar schielte herüber. Das störte mich nicht, bis er sich räusperte und fragte, was das für ein seltsames Buch sei. Ich sagte nur, *eine faszinierende Darstellung von Gedanken auf Spaziergängen* und las weiter. Mein Nachbar räusperte sich erneut, bat um Nachsicht für seine Neugierde und fragte, ob das ein Roman sei und wenn es so sei, wie er vermute, wovon er denn handle. Von Gesprächen des Schriftstellers mit einem Begleiter auf Spaziergängen, wiederholte ich. Weiterer Erklärung abgeneigt, stand ich auf und steckte das Buch in die Jackentasche. Ich hätte eine angemessene Beschreibung des Handlungsverlaufs nicht zu leisten vermocht.

Bevor ich mich entfernte, lachte der Herr auf - beinahe hysterisch könnte ich einfügen, doch Raymond Chandler wirkt nach. Er streckte mir die Zeitung hin, tippte energisch auf eine Stelle. „Hier, die Ankündigung einer Lesung! Und wer ist der Autor? Derselbe der auf dem Einband Ihres Buches steht: Ein gewisser Gabriel Josipovici! –Ist das nicht ein Jude?" Er sah mich herausfordernd an und faltete die Zeitung.

*

In unserer Stadt ist Betteln üblich, meinem Eindruck nach üblicher als in anderen, in die ich gelegentlich komme. Woran das liegt, weiß ich nicht. Auf jeden Fall bleibt das Gefühl, Ausgeschlossene vor sich zu haben

Auf meinem Weg in die Stadt sitzt unter dem Vorsprung der Fassade eines älteren Bankgebäudes gegenüber dem Stadtpark - nicht regelmäßig, doch oft – ein geordnet wirkender Mann, so um die Vierzig. Mit untergeschlagenen Beinen auf seiner Decke hockend, liest er in abgegriffenen Büchern, manche ohne Einband. Man schaut verwundert und geht vorbei, mit Einkaufstüten, Kaffeebechern von Starbucks oder McDonald's. Ihn kümmert das nicht. Er liest, schlägt die nächste Seite auf, liest weiter als säße er zuhause auf der Couch. Mit Zuhause wird nicht viel sein; hinter ihm liegt ein gerollter Schlafsack. Wirft ihm jemand ein Geldstück in die Büchse, sieht er dem Spender erstaunt nach. Sein schmales Gesicht und sein wacher, intelligenter Blick lassen auf bessere Zeiten schließen, doch er sitzt hier und liest - liest, als habe er hinter sich, was ihn vom Lesen abhalten könnte. Er ist, wie gesagt, nicht immer da; am Wetter kann es nicht liegen. Bei Regen hat er einen Schirm über seinen Schultern aufgespannt. An kühlen Tagen trägt er handgestrickte Wollsocken und Sandalen. Komme ich an ihm vorbei, krame ich nach Münzen.

Kürzlich stand der Mann vor der Decke und ordnete seine Dinge. Da sah ich, was er gerade las. *LEBEN* stand in fetten Lettern auf dem abgelösten Einband. Das Buch lag aufgeschlagen daneben. Danach hockte er sich wieder hin, nahm das Buch auf und las - auch an einem Tag im Sommer!

◆

Come sempre

Ist es Sommer, hat er seinen Platz im hinteren Drittel der Terrasse unter dem Sonnenschirm am einzigen runden Tisch. Im Herbst zieht er sich unter den Verandavorbau zurück. Im Winter erwartet man ihn vergeblich. Im Dorf weiß man nicht einmal, ob er da ist.

Wärmt im Frühjahr die Sonneneinstrahlung verlässlich, kehrt er zurück. Dann sitzt er auf der Terrasse der *Bar Franca* - täglich gegen elf für etwa eine Stunde, niemals außerhalb dieser Zeit.

Ist er wieder da, heißt es an der Theke *per Romeo, come sempre.*

Dann wird ihm ein schwarzer Kaffee serviert, je nach Tageslaune ein zweiter – stets mit einem Zuckerstück auf einem Tellerchen! Das Zuckerstück legt er auf die Untertasse. Verwenden tut er es nicht.

Es hat schon einmal gefehlt. Die Bedienung war neu. Er schob den Kaffee zur Tischmitte, erhob sich und ging. Das Geld legt er gewöhnlich abgezählt neben die Tasse. An diesem Tag war kein Geld auf dem Tisch.

Er ist keine auffällige Erscheinung, doch vom Sehen

kennt ihn hier jeder. Ist man unter sich, nennt man ihn *Romeo*. Wer ihn anspricht, sagt schlicht Signore oder auch Signore Pavi. Ein drahtig-schlanker Mensch, hellgraue wache Augen in einem gebräunten Gesicht. Obwohl an Schläfen und Haaransatz ergraut, wirkt er jünger als er vermutlich ist.

Nur wenige kennen seinen Namen - die von der Kommune, die Angestellten an Post- und Bankschaltern, wohl auch der Doktor und der Pfarrer. Letztere nicht verlässlich. Signore Pavi war bis jetzt nie ernsthaft krank, und in der Kirche sieht man ihn nur beim jährlichen Seelenamt für die Mutter. Sie stammte aus dem Ort. Als junges Ding verschwand sie nach Mailand. Es heißt, sie habe einen begüterten Geschäftsmann geheiratet, und der soll auch ein hoher Funktionär der Faschisten gewesen sein – Gerüchte!

Der, den sie *Romeo* nennen, erschien eines Tages auf dem Rathaus und legte Dokumente vor. Er wolle sein Erbe antreten, das Haus seiner Mutter. Im Jahr darauf - die Klärung der Besitzverhältnisse bedurfte einiger Zeit - ließ er das unbewohnte Haus vor den Weinbergen über dem Dorf bis auf die Außenwände abreißen und innen neu ausbauen. In seinen Bruchsteinwänden gleicht es äußerlich dem alten. Die Gemeindeverwaltung ist ihm dankbar – das Ortsbild!

Nachdem die Arbeiten abgeschlossen waren, zog er ein, die blonde Frau mit ihm. Er rufe sie Julia, berichteten Nachbarn. Eine füllige Person mit langem, blond gefärbtem Haar, das sie in einem zopfartigen Geflecht

trug. In der Regel unter einer roten Baseball-Kappe –
wohl der Arbeit im Freien wegen. Sie sei gewiss viel jünger
als er, raunte man sich im Ort zu.

Beide sah man täglich viele Stunden im Garten beschäftigt
- einem weitläufigen Gelände, zur schmalen
Straße hin von einer Mauer begrenzt, gleichfalls Bruchsteinmauerwerk.
Sie verstehe sich auf die Anlage eines
Gartens, verbreiteten die Nachbarn. Dieser Garten, über
Jahre sich selbst überlassen, bestand aus Gestrüpp und
krautigem Untergrund, durchsetzt von abgestorbenen
Obstbäumen. Vier Oliven und eine Kirsche, mit spießartigen
Wildtrieben, hatten sich behauptet. Bäume brauchen
eben Pflege – allerdings nicht der Nussbaum vor
dem Haus. In seinem Schatten entstand ein lauschiger
Freisitz. Dort hätte man sie zuweilen antreffen können,
hätten sie ihn genutzt. Sie jedoch mieden den Kontakt zu
Nachbarn.

An der Südwestseite breitet sich eine Bougainvillea
über die Gartenmauer aus. Unter der Menge violetter
Deckblätter der Blüten verschwindet die Mauer im Sommer.
Mediterranes Flair ergießt sich dann über die Mauersteine,
im Hintergrund die vier Olivenbäume. Vorstellbar,
dass dieser Eindruck dazu beitrug, im Ort die Zustimmung
der Zentralkommune zum Abriss des heruntergekommenen
leerstehenden Hauses nicht allzu laut zu
fordern. Manch einer hatte das dennoch getan – in dieser
Lage ein begehrter Bauplatz.

Die Gemeindeverwaltung respektierte jedoch die
über Generationen bestehenden Besitzverhältnisse, all-

jährlich von der Blütenpracht der Bougainvillea unterstrichen.

Nun war der Sohn der letzten Eigentümerin zurückgekehrt. Was insofern nicht korrekt ist, als er niemals hier gelebt hat. Alte meinten sich zu erinnern, dass gleich nach dem Krieg ein Kind, ein kleiner Junge, Sommerwochen bei den Großeltern verbracht habe. – Aber auch das ist nicht gewiss, wie so manches nicht, was in einem Dorf behauptet wird.

Carlo Pavi beseitigte den Bodenbewuchs, grub die Erde um, harkte und schnitt die Bäume. Sie legte Beete und Gartenwege an, mulchte, pflanzte, düngte. Abends bewässerte er das neue Rasenstück mit dem Gartenschlauch, sie einzelne Pflanzen mit der Kanne. Die Wüstenei verwandelte sich nach und nach in ihr Gegenteil - und das war es, was Beachtung in der Nachbarschaft fand.

Selten sprach er mit Vorbeikommenden. Wurde er gegrüßt, nickte er nur, wenn überhaupt, und zog sich zurück, bevor der Plausch über die Gartenmauer einen Anfang nehmen konnte.

Die blonde Frau dagegen scheute keineswegs Kontakte im Dorf und ließ sich auf übliche Ladengespräche ein. So war das im Frisiersalon *Elena*, auf der Post oder der Bankagentur - insbesondere beim Bäcker, bei dem man auch alles bekommt, was außer Panini und Brotlaiben gebraucht wird. Die Frau des Bäckers stammt aus dem Süden, wie *la biondina grassottella*, die *Mollige*, freundlich übersetzt. So nannte man sie ein wenig respektlos, natürlich nur unter sich. Bei ersten Sätzen über die Ladentheke entdeckten sie die gemeinsame Dialektfärbung und duzten sich. Duzen ist auch sonst im Dorf üblich, aber nicht mit einem wie Signore Pavi und seiner Lebensgefährtin!

Oben, im Haus vor den Rebhängen über dem Ort, tauchte im dritten Jahr ein junger Mann in einem klapprigen Renault auf und blieb. Einige wussten bald zu berichten - es spricht sich alles in Windeseile herum! -, dass es sich um einen Neffen der *biondina* handle. Andere behaupteten, er sei ein Sohn. Wessen Sohn? Der Signora natürlich - die Ähnlichkeit! Das ging trotz des figürlichen Unterschieds in Ordnung. Der Tratsch verlor an Bedeutung.

Der junge Mensch war häufig im Garten zu sehen, nicht bei der Arbeit – er las! Trotz der Wärme trug er Hemd und Krawatte, am Knoten weit gelockert. *Un uomo colto*, ein gebildeter Mann, flüsterte man. *Certo, uno studente di Milano!*, bestätigten andere, weil sie sich informiert glaubten.

Den meisten Dorfbewohnern blieben die Drei im Haus am Rand des Dorfes rätselhaft. Man darf sagen, es umgab sie eine Aura des Mysteriösen.

Die Gerüchteküche schwappte über, als man feststellte, dass der Renault verschwunden war und mit ihm der junge Mann und seine angebliche Mutter. Nachbarn berichteten über lautstarke Auseinandersetzungen. Andere wollten beide händchenhaltend auf den Wegen zwischen den Reben gesehen haben. Von Erbstreitigkeiten bis zu verbotener Liebe reichte der Tratsch.

Wer mehr zu wissen meinte, schwieg. Immobilienmakler aus Verona erkundigten sich immer häufiger nach Objekten, die möglicherweise zum Verkauf anstünden. Im Dorf erhofften sich einige dabei zu sein, wenn es oben in der Casa des Schweigsamen um eine Lösung gehen sollte. Mit Carlo Pavi, dem Verlassenen, fühlte offenbar niemand – fast niemand.

Eines Tages lehnte am Gartentor eine abgestellte Plastiktüte. Darin drei Flaschen Wein, dem Etikett nach aus den Trauben der Witwe Schini. Der alte Lorenzo war auf dem Traktor in seinen Weinberg unterwegs und stieg ab, als er die Tüte bemerkte. In der Bar begründete er dies später damit, dass in den augenblicklich unruhigen Zeiten irgendwo abgestellte Plastiktüten, Sporttaschen oder Rucksäcke nicht unbeachtet bleiben dürften. Die Umstehenden an der Bar lachten lauthals. Lorenzo war für seine Neugierde bekannt. - Auch solche Dinge gehören zu einem Dorf.

Schwer zu sagen, ob dieses Pavi ein Zeichen war. Jedenfalls war der Moment gekommen, ab dem er sich täglich um elf auf den Weg machte, um auf der Terrasse der *Bar Franca* seinen Kaffee zu nehmen. Dem schweigsamen Mann mit der unbeweglichen Miene wagt sich keiner mit einer Bemerkung über das Wetter, die Aussichten von Inter Milano auf die Meisterschaft oder die Chancen der Scuderia Ferrari zu nähern - unter Einheimischen gängige Themen.

Er sitzt am runden Tisch unter dem Sonnenschirm und bläst den Rauch seiner Zigarette in die Mittagswärme, sieht dem Kommen und Gehen zu, ohne Anzeichen innerer Teilnahme, legt das abgezählte Geld neben die Tasse und verschwindet.

So kam es, dass man ihm, dem beharrlich Schweigenden, den Namen *Romeo* gab. Ein Spottname in Erinnerung an die verschwundene Blondine. – Verona ist ja nicht weit und die Geschichte einer Liebe mit tragischem Ausgang allgemein bekannt. Viel wichtiger jedoch als der Spott: *Romeo* sitzt auf der Terrasse vor der *Bar Franca* - *come sempre*!

*

Sollten Sie an seinem Haus in *Massone* vorbeikommen, so bleiben Sie einen Moment lang stehen und grüßen ihn von mir. Er wird nicken, denn er war es, der mir eines Abends beim Passieren seines Gartentors auf Deutsch zurief und mich auch sofort duzte: „Ich habe dich schon öfters hier gesehen. Allora vieni! Komm also rein und trink mit mir ein Glas vom Roten auf unsere Nachbarschaft." Der Abend wurde lang, und ich habe erfahren, woher er seine Deutschkenntnisse hat - einer, der in zwei Sprachen aufgewachsen ist. „Wanderer zwischen den Welten. - Aber das ist eine andere Geschichte!", meinte er und wechselte das Thema.

Sie fragen nach der molligen Blondine? – Er trauere ihr nicht nach und werde mit der Arbeit in Garten und Haus alleine fertig, hat er mir versichert.

Komme ich in den Nachbarort, wie jedes Jahr im Herbst, gehe ich als Erstes auf einen Espresso in die *Bar Franca* - mein Einbetten in die örtliche Szene. Frage ich dann den *barista* nach Signore Pavi, erhalte ich immer die gleiche Auskunft: „Un uomo buono – sempre in gamba!" – „Si, si", pflichten die Umstehenden eilig bei und bleiben bei ihren Themen.

Das kann vielerlei bedeuten. Offenbar lebt er hier noch immer wie ein Schatten. Ich werde bei ihm vorbei-schauen, wir werden ein Glas vom Roten trinken und durch die Weinberge streifen –wie jedes Jahr im Herbst.

◆

Mein besonderer Dank geht an Inge, Claudia und Detlef für ihre Anregungen und tatkräftige Unterstützung beim Entstehen dieses Buches.

Inhalt

Zeitfracht Medien GmbH
Ferdinand-Jühlke-Straße 7
99095 Erfurt, Deutschland
produktsicherheit@kolibri360.de